이 새벽

깨어 있는 것을 위하여

여행이 길을 멈추고

사랑이 나를 지난다

그사람 **건너기**

ⓒ윤성택 김남지 2013

초판 1쇄 인쇄 2013년 11월 17일
초판 1쇄 발행 2013년 11월 17일

글 윤성택 사진 김남지

펴낸곳 도서출판 가쎄 [제 302-2005-00062호]

주소 서울 용산구 이촌동 302-61
전화 070. 7553. 1783
팩스 02. 749. 6911
인쇄 정민문화사

ISBN 978-89-93489-36-1

값 15000원

그사람 **건너기**

gasse•가쎄

그사람 건너기

사랑은 하는 것이 아니라 견디는 것이다 167

애인나무 261

작가의 **미련**

이 새벽
깨어 있는 것을 위하여
여행이 길을 멈추고
사랑이 나를 지난다.
이 편지가 나를 읽고 끝내
나를 잊을지라도 우리가
적었던 어제는 오늘이 분명하길.

2013년 11월

윤성택

그사람 **건너기**... 시작합니다

나무에 묵어간 여행객

상실의 기억

몇 년째 나를 어디든 데려갔던 자동차에 시동을 건다. 제법 매서운 바람이 외투의 깃을 세우게 하고 호주머니에 손을 찔러 넣게 한다. 꿈결같을 까느라 손끝 밑이 노랗게 물들었을 때, 혹은 새로 산 껌이 차갑고 딱딱하게 씹힐 때 더욱 실감이 난다. 달리는 차 안에서 바라본 거리는 마지막까지 붙잡고 있던 시간을 놓아버린 낙엽들로 휩쓸리고 있었다. 지나간 날들을 떠올리며 나무들은 앙상한 제 안을 보이고 있는 것이다. 잠에서 깨어나서 기억나지 않는 것이 있다면, 그것은 다시 태어남과 같았다. 제철이 얼마나 죽음으로부터 실존하게 하는 것인지 나무는 몸소 구현해낸다. 운명은 결국 자유를 구속한다는 사실, 불온한 나열의 의지가 운명 밖 수많은 가능성으로 줄어져간다. 그 시차의

공간마다 기억이 깃들어 있다.

추억의 제한속도

신호등이 붉을 때마다 가로수에 눈길이 머무는 국도, 아름드리 은행 나무들 사이를 우회하니 진회색 높은 담장들이 보인다. 추억에도 길이 생기고 속력이 붙는다. 다다른 겨울은 또한 어떤 표정으로 제 입김을 불어 내고 있을까. 떠나는 가을을 떠올리는 순간 먼지 뿐인 길 위에 스크린이 세워지고 환등기의 불빛이 비춰진다. 자동차를 운전하는 것은 사소한 주의력 뿐이며 실존은 멀리 떠나 있다는 생각을 해본다. 사색이란 나를 그대로 남겨둔 채 낯선 곳에서 일생을 살다 온 생각이 만나는 지점이 아닐까. 봄에서 가을까지 나무는 긴 사연의 잎들을 매단다. 비가 오고 바람이 불고 때론 뜨거운 햇볕 아래에서도 나무의 사연은 계속된다. 가을, 나무는 긴 기다림을 끝내고 한 장씩, 때로는 몇 장씩 엽서를 전하듯 기별을 보낼 것이다. 마음은 그렇게 우체통처럼 붉다.

빗방울

투명한 질감이 망명을 기록한다.
혈류 같은 길을 수없이 오가는 헤드라이트와
사거리와 갈림길에서 깜박이는 빛 너머로,
거리는 잊힌 정부(政府)처럼 있다.
혁명은 한때의 얼룩과 습기와 다르다.
우리는 다가오는 전운을 몇 점 물방울에 섞는다.
혈서를 쓰고 고국을 위해 잠입하는 투사들
유리창 표면에 부딪히며 부대껴 올 때
지독한 고립을 설정하는 벽,
물의 무덤이 되기까지 금지된 구름이
전선 밖에서 여백을 메워온다.
청력을 잃은 한 무리의 빗소리가 기어이
창백한 오후를 점령하고 풍경을 유리한다.
바람이 꺼지지 않는 가로등을 휘돌며
지척에서 빛의 마개를 흔든다.
상실의 잔흔이 봉인된 밀도로 출렁일 때
습벅이는 빗방울에도 구름의 주권이 있다.
종일 도시의 창문에 전단지가 뿌려진다.

표본의 중독

　인터넷 창을 열고 밤바람의 붓 터치에 가만히 몸을 내맡긴다. 몇 달을 거쳐 유물의 흙을 털어내듯 바람이 지금 나를 혼신으로 발굴하고 있다. 지상을 다 훑고 나서야 바람은 오늘의 학술적 습도를 정한다. 비가 내리는 건 이미 나를 코드로 이해한다는 것이다. 방부제인 듯 빗소리로 사위를 다 채우고 나면 나는 당신에게 학명(學名)으로 남는다. 그리고 줄줄이 주석이 붙는다. 편지, 소인, 역...

　사지를 펴서 고정한다. 한 팔로 몸에 삼베를 올린 뒤 곳곳에 핀을 꽂아 움직이지 않도록 한다. 직사광선을 피해 마저 건조하게 꽂고 말린다. 짧게는 일 년, 길게는 십 년까지 자연스럽게 기억을 말린다. 오래 잘 말려야 표본도 오래 유지되는 것처럼. 그리하여 오랜 후 누군가 처음 호기심으로 보는 순간, 그의 영혼은 비로소 바람이 된다.

　등에 핀이 찔린 줄도 모르고 스스로를 웅크리는 사람.
　서서히 추억이 말라가는 것을 알면서도 일기를 적는 사람.
　고독이 독이 되어 굳어가는 사람.

　그러니 불현듯 나는 왜 여기에 와 있을까. 이 광속의 주파수 속에서 바람처럼.

나무에 묵어간 여행객

나무도 사람이 그리워 인가의 불빛을 닮는다. 그래서 붉거나 때론 노오란 잎들을 보고 있는 것만으로도 우리는 나무에 묵어간 여행객이다. 나무는 기꺼이 제 온기를 잎맥에 지핀다. 시선이 오래 머물수록 따뜻해진다. 아마도 그 온기 때문에 가을은 여행하고 싶은 계절인지도 모르겠다. 우리는 한 해 한 해 가을에 묵었다. 어느 가을은 벌겋게 취해 있는 산이었으며, 어느 가을은 타는 목마름의 낙엽이었다. 그러나 중요한 것은 때가 되면 놓아주어야 한다는 것이다. 가을이 깊어갈수록 인연도 그렇고 사랑도 그렇고 이별도 그렇다. 다만 절정의 가을에 머물고 싶은 마음만이 사진에 남는다. 그러니 분명 가을은, 그리운 것들이 연대하는 계절이다.

그사람 건너기

저녁의 거리가 후미질수록 신호등이 유독 붉다. 뒷면의 검은 사위를 꽃대처럼 받치고 피는, 건너올 수 없는 그 한때의 눈시울이 있다. 사랑은 어느덧 기다림에 부기(附記) 된다. 얼마간 그렇게 서로 서 있어야 횡단할 수 있다. 꽃이 피었다가 시들고 나무의 새순이 낙엽으로, 노인이 신생아로, 사막이 초원으로 변하는 그 당분간 우리는 마주 서 있는 것이다. 횡단보도에 현을 긋듯 헤드라이트의 활시위가 연주되는 날들, 쉴 새 없이 교차되는 저 선율에 조금씩 금이 가고 있다. 잔금을 따라 핏발이 차오르고 눈동자 한가운데 시간이 빨려 들어간다. 후미진 비밀을 비추며 제 안으로 저무는 건널목 저편, 당신이 천천히 타인을 건넌다.

오래된 호흡

봄꽃도 별을 꾹꾹 눌러 문자메시지를 타전하고 싶을 것이다. 봄에 여행한다는 것은 봄을 앓던 날들에게 처방전을 건네는 것과 같다. 스스로를 치유하듯 낯선 민박집 창문에 흘러내린 새벽의 습기처럼. 붉은 톨 같은 동백꽃이 숲의 혈구를 이루는 정원에서 나도 모르게 눈물을 흘릴지도 모른다. 그곳에 잠시 머물면서 여행이란 내가 살지 않는 공기들을 시간의 심폐로 들이마시는 거라는 생각을 해본다. 거기에서 조금만 더 우회하면 이윽고 오래전 한 사람의 눈이 내게로 떠온다는 사실.

타인의 사랑

수반(隨伴), 사랑의 정체성은 더한 그 미래를 아련히 계측하는 데 있다. 가보지 못한 날까지 가서 평생 겪는 긴장을 약속해 보는 것이다. 우리의 가능성이 도시를 만들고 그 안 수많은 타인을 살게 한다. 누구를 알아간다는 건 하나의 도시로 접어드는 게 아닐까. 나 아닌 다른 어떤 사회가 편입되는 느낌. 길을 잃고 아직도 노숙으로 그곳을 떠나지 못하는 그가, 지하도 구석에 가방을 베고 누워 있다. 생이 비참으로 분류되는 사람은 마지막으로 정착한 곳이 이 도시이기 때문이다. 인생을 여행하려 한다면 타인이라는 도시를 각오해야 한다. 이역(異域), 쓸쓸히 죽어가는 사랑이 그 어딘가에서.

골목의 끝은 길의 끝이다. 잘못 든 길에서 우뚝 선 채로 막막해한 적은 없는지. 길은 담장과 담장의 안내로 마음에 선명한 지도를 그려준다. 막다른 곳을 되돌아나가며 그 지도에 처음 이정표를 세운다.

마음 지도

막다른 골목에 다다를 때가 있다
담장은 이곳으로 안내하기 위해
제 몸을 꺾으며 길을 불러들였다
바람도 이곳에서는 에돌아가야 한다.

얼마나 많은 인연이
돌아갔는가.

길 끝까지 가봤다면
마음에는 지도가 생긴 것이다.

우연한 살인

기억은 캔버스에 이제 막 그려 넣은 그림과 같다. 어떤 스케치, 어떤 색이 쓰였느냐는 순전한 현재의 몫이다. 언젠가 아주 우연히 어느 인터넷 웹페이지에서 나를 보게 되었다. 마치 그림이어야만 했던 풍경에서 선들이 쏟아지고 물감들이 흘러내려 그 너머 앙상한 문이 열려 나오는 것 같았다.

누군가 밖에서 다급하게 문을 흔든다. 가로질러 있던 쇠막대 문고리가 조금씩 밀려나고 암청색 꽂혀 있던 윙고지들이 가늘게 떨던 그때. 나는 거기에 있었다. 청춘을 몇 줌의 문장으로 채점하던 저녁, 밤의 부엌으로 제들이, 자그마한 붉은 전기밥통, 생수병이 둥둥 떠올랐다. 나는 그 깜깜하고 어두운 방 안에서 지느러미 같은 이불을 덮고 있었다. 색상에 엎드려 심해어처럼 눈을 깜박이고 있었다. 나는 지금도 그 외롭고 쓸쓸한 자취방을, 어느 겨울의 눈물로 이해한다. 쇠막대가 휘어져 문이 열리고 나는 밖으로 쓰이졌다. 같은 예리한 낚싯바늘처럼 허공을 훑고, 꽈득거리듯 몸이 튀어 올랐다. 어쩌면 나는 그냥 '살해' 되었을지 모른다. 인터넷 어딘가 '사건 사고' 갈고리에 걸린 채 앙앙거리는 눈동자들에 둘러싸여 있을지 모른다. 화상이란 쓰러졌던 이들이 세워지고 선들과 물감이 화폭으로 되돌아가는 시간이다. 돌이켜보면 삶은 그렇게 은유가 전시하는 비엔날레의 연속이다.

여행객

방향이 뚜렷한 두 개의 길이 갈라지면서 망설임을 위로한다. 어디로 가든지 여행의 속도에 시간이 투숙하면 生이 객으로 붐빈다. 가방 속엔 심장이 있고 그 핏줄로 이어진 지도가 있다. 당신이 내가 없는 지명에서 건너온다. 국도는 끝끝내 국경을 잃는다. 길은 나를 부르다 당신으로 사라진다. 이 낯선 행로가 반복되는 꿈. 나는 끝내 내 안의 길을 놓아주었던 것이다.

밀크셰이크

밀크셰이크 같은 공기가 먼 산에 섞인다.

스트로를 세우는 가로등으로 호흡이 다녀간다.

한순간 멈춘 정적은 바람마저 쓸쓸한 시선이다.

달콤함에는 끝나고 싶지 않은 불안이
그 끝 벽에 기대어 있다.

첨탑이 물안개의 수위인 듯 회색빛 십자가가
어둑한 수문을 잠근다.

사랑하고 난 뒤
밀려오는 건 공허라는 스티로폼이고
난파되어도 좋을 몸은 몇 개의 감각을

생의 하류에 버리고 돌아온다.

그립다는 표정은 입술 오므린 튜브를
시간에 던지는 거겠다, 막막한 기저에서
솟구쳐 오르는 당신이라는 이름

우유와 달걀과 설탕이 함께 섞이는 느낌
언젠가 도시가 바닥을 드러내게 될 때
나는 유기물인가 추억인가 고민하다가
구두를 신을 것이다.

사랑해서 외로운 사람이
외로워서 사랑하는 사람을 빗속에서 만나면
부드러운 융으로 닦인 컵에 부어질까.

편지

 문장은 내게서 아주 멀리 떠나 있을 때 스스로의 생을 받아들인다. 편지가 나의 손을 떠났다는 것은 한 사람이 내 몸에서 일어나 밤길을 나서는 것이다. 그는 이제 과거와 미래에 걸쳐 감정이라는 소읍을 지나야 한다. 우표는 언제나 타인을 향해 붙여지지만, 편지는 그 타인에게서 자신을 천천히 떼어낸다. 어둡고 먼 길을 걸어온 그가 쓸쓸히 자신의 어깨를 내게 기대올 때 첫 문장이 시작된다. 눈빛이 종이에 머물 듯, 한 사람이 내 안으로 이주해 오는 것이다. 대화가 사람과 대면하는 것이라면, 편지는 종이라는 성(城)에 망명한 말(言)을 인도받는 것이 아닐까. 우체국에 가면 사나흘 기다리다 서성거리는 이름들이 있다. 내가 하나의 사연으로 불릴 때 당신은 난민이 되어버린 한때의 나를 수용(收容) 하는 것이다. 읽히고 있는 지금도 나는 문장으로 흩어지며 당신 눈에서 흘러내린다.

 피곤한 밤이 가장 건강한 낮을 데려와 편지를 쓴다. 생맥주 거품이 사라지는 동안 우리의 날이 밑줄에서 천천히 포말이 인다. 나는 거기에 있지 않습니다, 라던 사람도 결국 거기로 인해 흐르고, 거기에 마지막까지 남은 그림자도 거기를 위해 스스로 빛을 마셔버린다. 우리는 생이 겹친 불우한 날을 기념해 그날을 잊기로 편지를 쓰는군요. 기도가 우리를 얼마나 아름답게 했는지 서로 돌아볼 수 없도록. 가로등이 뒤돌아 앉아 벤치에 곁을 줄 때 점점 자라는 건 식물 같은 쉼표. 생각은 편지가 꾸는

꿈이어서, 누군가 앉기만 한다면 덩굴처럼 문장이 휘감기도 할 터인데. 가로수 잎들만 주황을 털어내는, 무수한 운명이 편지로 떠돌아 그 비중에 못 미치는 한낱 가여운 새벽녘. 내가 나를 떠나 있어야 하는 저 밖은 천천히 지워지는 그 모두의 원본.

필체는 마음이 평생 문자를 떠돌며 제 안에 새긴 지도이다. 그래서 글씨에 은신시킨 본심은 획 하나에도 떨린다. 편지를 읽는다는 건 그가 남긴 세계에 유목하며 돌무덤 위 색색의 천을 바라보는 것이다. 바람이 단 한 번 몰고 오는 눈동자에 글씨가 나부끼며 마음의 입구를 알리고 있다는 걸, 내 안 소원이 생기며 알았다. 편지는 잉크 닿는 촉감이 당신의 시력으로 만져질 때 아름답다. 한때 편지가 청춘에게 배달된 후 다시는 돌아오지 않는 길을 택한 것도 우리의 마음속 어딘가엔 발견되지 않은 거처가 있기 때문이다. 편지에 내려앉은 필체가 종이에 스미고 또 한 사람의 마음에 스미기까지, 우리의 피는 뜨겁게 몸 안에서 일생을 적는다. 오늘 밤 당신의 지도에 섬 하나 멍처럼 푸르게 웅혼하였으면.

민박집 창문 아래 그곳 머문 다른 여행자의 심경이 무심결 펜 끝에 적힌다. 방 안 가득 채집되는 생각은 돌이켜보면 누군가 한 번쯤 두고 간 상념이다. 떠나기 직전 방안을 둘러보는 사람처럼 각별함이 생의 가장 인상적인 외박을 적는다. 그런 날 편지는 노란 줄이 그어진 도로이고 그 안을 채우는 글씨는 헤드라이트로 밀고 가는 당신의 눈이다. 여행에서 편지를 쓰는 이는 자신의 심장에 주(註)를 다는 사람이다. 몇 날 몇 시, 한때의 피가 기억에 머물다간 풍경을 누군가에게 전하는 것이다. 편지가 끝끝내 바라는 건 당신의 시선에서 혈색이 도는 활자를 마음에 살게 하는 것. 결국, 우리 스스로 편지가 되어 시간의 소인(消印) 찍혀 아득히 저편 생으로 배달되는 것이다.

우체통에서 편지는 나를 끊임없이 상상하며 글로 존재하지 않는 날들까지 꿈꾼다. 모든 책상이 엎드린 채 시선을 주유하여 활자를 움직이듯이, 우표가 묵묵히 주소를 위해 접착하고 있는 운명을 믿는다. 편지를 태워도 끝내 연소되지 않는 것은 한 사람이 바쳤던 내면의 시간이다. 그러므로 내 앞의 백지는 다만 여백으로 나를 채우는 것이다. 매 순간 심장이 박동하며 글자에게 공급하는 공기, 결국 편지를 개봉했을 때는 보낸 이의 숲에서 행간을 걷는 것이어서, 나는 이제 당신에게 서식하는 예감이다. 답장을 기다리면서 위독한 글자를 살려내고 있을, 매일 사라져가는 문장이 여기에 있다.

한 잔 커피

비를 바라보는 것보다 비를 기다리는 것이 더 감도가 좋다. 여행 중인 사람이 핸드폰을 만지작거리다 걸지 못하는 전화번호처럼. 가본 적 없는 날이 수신하는 낯섦이라는 조도를 생각해보게 되는 것이다. 어느 나무 밑 그늘을 해독하려면 계절의 번역을 따라야 한다. 간이역 낡은 의자에서의 한 잔 커피, 생활이 사소해지면 비밀이 수정되는구나 싶은. 빛바랜 간판들이 거리를 적어내고 숭숭 뚫린 블록 담장에서 밑줄을 긋는다. 여기서 한 사람이 청바지 속으로 자랐다. 그리고 그 청바지 자락을 찢고 맨살이 철사에 긁혀 갔다. 까끌까끌한 추억에 카메라 감도를 높이면 구름의 역사(驛舍)에 가을이 머문다.

해를 바라보면서

나를 적어놓고 어두워진다. 매번 밝아질 수 없는 적막이 성냥을 쏟는다. 떨리는 손이 다른 손을 잡아 쓸쓸히 타인에 얹는다. 그저 나는 편애 때문에 비를 몰고 오는 사람. 눈물 톨이 누군가 볼에서 화르르 켜지는 것처럼. 구름의 면에는 아직 젖지 않은 황황(皇皇)이 가득해 가끔씩 生에 번개가 친다. 알 전구를 쥐고 소켓에 돌릴 때 두려움 끝에 닿는 촉감. 그 첫 온기가 내내 한 사람을 밝게 한다면, 나는 누가 돌려 켠 플러그일까 싶은 밤. 당신이 계통을 벗어나 어느 호흡기에서 나를 끈 후, 불현듯 환해지는 이곳은 기도 속이다. 우는 사람은 지금 어딘가에 불을 켜는 것이다. 그 보름의 문장을 음예에서 태운다.

백석을 생각하는 밤

삼월에 알게 된 사람은 꽃을 같이 보는 사람이다.
사람은 차례로 한 번씩 내게 피는 것이 아니라
기차처럼 일순간 나의 역에 쏟아져 내리는
가방 같은 것이었다. 가방이 어깨에서 다시 어깨로
아이가 노인으로 또 빛으로 걸려올 때가
꽃이 결백하게 이 저녁을 여백으로 삼는 순간,
그리하여 사람은 외로울수록 가장 빛나는 배경을
가만히 드리우는 것이다. 삼월이면 이 저녁
꽃 피는 소리가 사방에서 들려오는 것이었다.
아련히 잊었던 사람이 기억의 뿌리에서 움트고
꽃 피기 위해 부름켜로 수없이 오가는 이름이
몇 개의 첫인상으로 쓸쓸히 떨어지는 것이었다.
그러나 무시로 꽃은 이 계절의 구속이고
불안인데다 끝 갈 데 없는 심연이었으니
어디 한 번 나는 누구의 조짐이었던 적이 있나.
삼월에 알게 된 사람은 같이 꽃 같이 지는 사람이다.

영하 6도

여기서 더 낮아지면 생각이 남루해지고 여기서 더 높아지면 쓸쓸함이 증발한다. 외투 깃을 파고 드는 서늘한 기억들에게 교묘을 밤잠을 방정게 만들던 황당한 공기들에게 영하 6도는 주의의 대기를 만든 다. 걸어왔던 길을 끌어와 깃길로 흩어지는 나염처럼 우리가 지나쳤던 시간은 모두 바람 속이 있을 것이다. 이 저녁의 비가 언젠가 눈발로 내게 내렸다는 것을 안다. 공중에서 아주 천천히 낙하 하는 순간순간이 누대의 일생이 되고 그 일생을 받아들이기 위해 오늘 오늘 오늘 눈은 폭설이어도 좋다. 영하 6도, 계념을 교정하듯 같은 온도의 남들이 교신되어 온다. ⋯ 가로등 아래로 그 붉은 불빛 아래로 공간이 열리고 점점이 정체를 이뤄가는 것들, 그렇게 오늘의 기온이 나를 선택한 것이다. 안타까운 일이지만 가을은 갔다. 그 검손한 법칙. 계절을 의심하면 마침내 눈사람이 된다는 것.

우울이 웃는다

웃는 게 우울한 면적을 수식하는 나이가 되었다. 별을 동감하니까 어떤 작정이 손금을 들여다본다. 아버지, 왜 우리는 적개심에 그리 물을 주어야 하나요. 시든다는 건 감정의 농한기란다. 촛불이 생명선을 따라 켜오는 광장, 나는 시름의 잔가지를 꺾어 넣는다. 내가 살아 연기가 되어 눈 매운 사람이 그대로 나를 쐰다. 사람을 겪고 나면 참나무 그늘이 맵다. 훈습은 내게 가장 먼 슬픔을 저장하는 일. 소리 내어 마구 웃다가 끝내 우는 날이 있는 것처럼.

누군가 기억한다는 것은 캄캄한 과거로 되돌아가 불을 켜는 것이어야 한다. 불빛에 밝아져 오는 아련한 것들. 당신과 인연이 끝나지 않았다면, 가느다란 필라멘트가 전류로 밝아온다면, 아직 마음을 흘려보낼 인연이 남아 있는 것이다.

필라멘트의
유통기한

기억이란 그런 것이다.
모든 종료된 과거에
전구 하나 켜놓고
그 밝아오는 영역만큼
시간의 내력을 읽는 것

가느다란 필라멘트가
끊어지지 않았다면
기억이 환해질 때까지
마음을 보내보는 것이다.

바람 맞다

캘린더를 넘겨본다. 나를 앞서 간 몇몇 약속이 다음 달 숫자에 메모되어 있다. 결정짓고 있다는 듯, 나는 점점 약속으로 이뤄진 미래를 관통한다. 약속대로 사랑하고 약속대로 행복하고 그렇게 나는 약속을 지키다가 늙어갈 것이므로. 그러니 앞으로 남은 날들 어딘가의 우연조차 우주의 질서에 의한 수순이면 어쩔 것인가. 돌이켜보면 약속을 해놓고 둘 다 잊어버린 시간에 우리는 살고 있다.

시간의 변속

자전거로 출퇴근을 한다. 민망한 것은 앞바퀴를 전기가 굴린다는 것. 헉헉거리다가 오른쪽 손잡이를 슬쩍 비틀어보면 몸은 어디든 배달 중인 짐짝이 되곤 한다. 한계를 깨닫기도 전에 찾아오는 이 속도는 종종 습관으로 접어든다. 그 언덕에서 어? 내가 페달을 구르지 않고 있군. 페달과 전기의 힘을 오가며 숭배하듯 두 핸들을 잡은 채 몇 번이고 절을 하는 풍경. 나는 이 요행이 너무 가벼워 계면쩍지만 한편으로는 다행스럽다. 모든 길이 휘발유처럼 검지 않다는 사실. 한동안 나는 시간을 변속하는 데에만 몰두하지 않았던가. 8:2 가르마로 펼쳐지는 길 바깥의 길이 이토록 유쾌하다니. 골프장 옆 민들레병원을 지나 숲에 들어서면 몇몇 이름 모를 묘지를 지나게 되고 산의 넥타이 같은 좁은 길이 나온다. 낙엽 쌓인 그 길을 오르고 내리고 오르고 내려 인가의 담장을 끼고 나는 흘러간다. 고단한 길이 갈 길을 내려서 멈춘 그곳까지.

꽃의 음역

야근이 가루약 털듯 오렌지빛 가로등 목젖에 걸리고
자욱한 서류더미로 긴 굴뚝을 빼어 물고 피우는
공장의 심폐가 흘러 다닌다.
쇳소리 나는 기침을 다 받아쓰는 새벽을
옥탑방이라 부르면 어떨지.
가장 높은 곳에서 가장 슬픈 안부는
스스로를 바닥이라 겸연쩍 웃을 때이지.
옛다 기타줄 쥐는 손가락의 촉감이 좋아,
그 코드가 금간 화분에 음표를 새겨가며
비어져 나온 뿌리로 스트로크 한다.
챙 챙 챙, 안개의 주법은 미궁
둥근 울림통 안에 캄캄한 터널이 있어서
산발한 내가 들녘을 헤매며 꿈을 줍는다.
이제 음악은 이어폰 밖이 음악이다.

황사에 섞인 영문자를 이해하느라
대륙이 필체를 버렸다는 소문.
꽃망울 따라 청진기를 대고 있는 나뭇가지는
몇백 년 전 당신의 기침을 듣는 중,
또 내가 완벽하게 어두워지고 나면
그곳에서는 고요하게 꽃이 피겠다.

끌림

중력의 이끌림으로 결국 최후의 순간을 맞는 사랑, 서로 끌어당기는 힘이 있는 그 최후의 장렬함을 알면서도 우리는 각자의 질량을 지니며 살아간다. 서로의 궤도에 진입하지 않고간다. 서로의 궤도에 진입하지 말 것, 이것이 사랑이라는 만유인력에 개입하지 않는 유일한 방법이다.

사소한 첫눈

첫눈이 내렸다. 그것을 바라보는 내가 새삼 낯설다. 나는 여기 있구나. 저 밖 느리게 흩어지는 눈발의 회상에서 나는 얼마나 멀리 왔을까. 첫눈을 보고 설레지 않는다면 심장이 더 이상 청춘을 기억하지 못한다는 것이다. 한때 기록이고 사건이었던 첫눈. 시간은 점점 사소해지고 단순해지길 원한다. 예감이 내일에서 걸어와 마음에 묵지 않는다. 누군가를 믿는다는 건 위태로운 용기일 뿐. 하얗게 다만 하얗게 눈은 쌓이고 쌓일 뿐. 生은 생솔가지 분질러 피우는 매운 연기가 아니었던가. 외로운 나무일수록 눈발을 오래 버티다 가지를 비튼다는 것을, 플라타너스에 기대어 있다가 알았다. 한 호흡 한 호흡 걷다 보면 풍경이 흰 입김을 덜어간다. 그리고 몸이 눈발 속으로 사라지고, 끝내 느리게 내리는 눈송이에 섞인다. 그러니 나를 알아본다면 훗날 첫눈 속 쓸쓸한 그 첫눈이다.

月刊

동공으로 불어가는 휘는 마음을 본다.

밤의 긴 월간을 누군가 구독하는 밤,
나무를 펼치면 펼칠수록 꽃이 접힌다.

서쪽에 흘러간 피가 다시 차오를 때 별이 박동한다.

두근두근 우퍼스피커가 카페인을 섞으면
나는 이 새벽을 뜯어 끼워 놓을 것이다.

말할 수 없는 것이 때로는 그 어떤 대답보다
진실하다는 걸 연재하는 비밀이 있다.

눈동자를 섬기는 풍습은 새의 부리가

뜬눈을 파먹고 우는 전설 때문.

인상이 뒹굴고 있는 폐허에 도착한 당신이
끝내 그 안개 속에서 돌아오지 않는다.

심장은 여전히 명령이 아니면서
또 여전히 내 안에 타전된다.

과월호로 쌓인 목련 잎에 라이터를
켜는 날들이 있다.

하나의 비밀이 심장에 타들어 간다.

그늘나무

　113동 앞 비질 중인 늙은 경비원 어깨 위 낙엽이 진다. 낙엽은 필경 남루한 나무의 生을 확신했을 것이다. 근심들을 매달고 무수한 밤을 지날 때마다 뿌리가 끌어올리려 했던 건 비극에 대한 결의가 아니었을까. 빗자루를 감싸 쥔 손의 옹이가 흔들리면서 15층 아파트와 아파트 사이 현기증 같은 그늘을 휘감는다. 돌아보면 콘크리트들만이 햇볕을 받으며 무엄하게 피었다. 나는 믿는다. 생의 균열은 저 어둡고 탁한 환멸의 무게에서 시작된다는 것을. 아파트 외벽을 타고 조금씩 조금씩 유령처럼 솟구치는 금들.

　나무는 이곳에서 결연한 탄식을 선택했을 것이다. 나무가 그저 경비원을 닮고 눈물이 아파트 결로를 닮아갈 뿐. 언젠가는 주름투성이의 추억이 재개발되기 위해서 광포한 세월을 지나야 했다는 걸 악착같이 버텨온 뿌리를 보면 알 수 있을 것이다.

낮에 켜진 가로등

너무 일찍 들켜버린 생각을
전깃줄이 밑줄을 긋는 중이네.
기로에 서 있을수록
쓸쓸한 것은
이 이른 감정뿐,
외로운 징후가
골목으로 기울어
허공을 달구네.
이미 드리운 생각이
자꾸만 깊어지는 것이네.

골목을 지키고 서 있는 가로등 하나 쓸쓸하다. 전깃줄을 당겨보면 가난한 식솔들이 딸려 나올 것
처럼 낮은 지붕들이다. 목이 긴 기린을 닮은 가로등, 삶은 끝끝내 어스름이고, 기로에 서 있는 골
목은 이내 어디로든 흘러간다. 그 내력이 깊어져 하늘도 가로등도 허공을 달구고 있다.

희망의 기억상실

잠바 주머니에서 나온 매출전표 한 장. 거래일시, 시각까지 정확하게 기입되어 있는 그 종이를 들여다보다가 문득. 도무지 기억이 나지 않는 그때에 나를 가 있게 만든 과거가 새삼스럽다. 나는 어떤 이와 어떤 생각을 나누며 저녁을 했을까. 정확하게 과거를 기입하며 뒤쫓아 왔던 카드는 일생을 데이터화시키고 마그네틱 안에 가두어 죽음과 죽음 사이 통계로 거래할지도 모르는 일. 카드를 긁으며 살다가 정작 간절한 희망을 긁지 못하고.

당신이 들렀다 간 사이,
나는 많이 취해져야 한다

하늘은 꼭 눌러쓴 모자마냥 어둑하다. 누군가 젖은 발로 찾아올 것 같은 날, 기지개를 하자 툭툭 터지는 실밥처럼 겨울비가 내린다. 유리창의 빗방울을 멈췄다가 흘렀다가 다시 흘렀다가 멈췄다가 오후 세 시의 무게로 내려앉는다. 시간은 수심 밑바닥에 귀를 대는 심해어, 빼꼼거리는 TV는 수족 관처럼 먹먹하다. 마개 같은 둥근 복사체로 기억이 흘러간다. 모락모락 지느러미를 가진 김이 푸른 르 미끄러져 갈 것 같아 두 손으로 꼭 쥐고 있다. 이런 날은 종일 상영되는 빗속의 주억을 관람하기 좋다. 당신이 들렀다 간 사이 나는 많이 취해져야 한다.

시인이라는 좌표

누군가로부터 새벽 라디오에서 내 졸시를 들었다는 메일을 받았다. 일기장에 메모를 했노라고 조금은 쓸쓸하게 다가왔다고 한다. 누군가에게 나의 시가 그렇게 읽힌다는 것, 한편으로 고마운 일이고 한편으론 무거운 일이기도 하여, 새삼 내 삶은 어떤 시를 쓰고 있는지 생각해 보게 된다. 이제 나는 시인이, 그렇게 되고 싶은 시인이 되었다. 군 제대 후 내가 포기해야만 했던 것들과 아버지의 눈물, 골방 원고지를 누르고 있던 압정, 몸살 끝에 혼자 마신 수돗물, 고향에 돌아가 보여줄 희망도 없이 뒷머리만 긁적이던 그것들에게 나는 무엇이었을까. 자취생활을 정리하고 시골에 돌아와 친구들과 잔을 기울일 때, 집 지하실 구석에 쌓아둔 이삿짐 박스에서 알람시계는 사흘을 넘게 울고 있었다. 나를 깨우고 아침을 알리던 알람이 새끼고양이처럼 가르랑 가르랑 혼자 울고 있었다. 건전지도 다 닳아갈 터인데 지독하게 죽지도 않고 지독하게. 어쩌면 내가 시를 포기할 수 없었던 까닭은 그 지하실 어둠을 터 주던 알람 소리 때문인지도 모르겠다. 살다 보면 잊히지 않는 것들이 하나둘씩 쌓여간다. 그것들이 내게 두려운 것은 아닐 테지만 곰곰이 생각하면, 그 기억들이 내가 그렇게 되뇌던 마음의 자리가 아니었을까. 그러니 내 좌표는 여기까지다.

별밤

밤의 아가미는 초승달이다.
그 숨질로 새벽을 향해 나아간다.
간간이 입질하는 잔별들,
송사리 떼처럼 싱싱하다.
때론 푸른 지느러미를 가지고
너에게로 가기도 했을까.
잠은 오지 않고 물소리 드는 밤
나는 베게에 귀를 대고 엿듣다가
몸을 이리저리 뒤척이다가
꿈속의 너를 데려와
그 강심에 돌을 던진다.
사랑이 깊으면 파문도 오래가는 법,
동그라미 동그라미
아득히 가라앉는 무게만큼
어딘가 별 하나 떨어지리라.
별이 빛나는 밤이면 밤새 함께 뒤척이며
펄떡거리는 달의 아가미가 있다.

깊은 밤 초승달은 마치 물고기의 아가미 같다. 밤은 하나의 물고기가 되어 새벽으로 헤엄쳐간다. 수없이 입질하는 별들, 그 밤 속으로 왜 돌을 던졌는지 모르겠다. 다만 가슴 한편, 그리움이 파문처럼 번져 온다.

문학이란

　문학이란 대체 무엇일까? 망태기에 담아 넣고 보니 도둑놈처럼 가슴이 뛰기 시작한다.

　문학은 과정이지 조급한 결론의 것이 아니다. 결국, 모색이다. 문학이란 전달된 '언어' 다. 그냥 '아름다운 문장' 이다. 문학이란 한 잔씩 고통의 잔을 마시는 것이다. 가난이라는 쓴잔, 질병이라는 쓴잔, 이별이라는 쓴잔, 소망이 허물어진 절망이라는 쓴잔이다. 문학이란 고통이다. 문학이 고통인 것은 그것이 반성하는 자아를 만들기 때문이다. 문학은 별빛이다. 밤하늘의 별빛을 잃은 시대의 불행한 사람에게만 보이는 아름다움이다. 문학은 시간의 흐름 속에서 저절로 생겨나는 결과가 아니라 그 시대가 내포하고 있는 모든 사회적 모순을 치열한 정신으로 꿰뚫어 보고 극복하려는 싸움의 기록이며 해결을 원하는 열정의 표현이다. 문학은 증언의 기록이다. 꺼질 줄 모르는 불길처럼 살아있어 동력으로 작동한다. 문학은 더운 상징이다. 멋진 말의 수사도 아니고 즉각적인 반응을 일으키는 힘찬 구호도 아니고 그냥 뜨거운 하나의 사건이다. 문학은 그럴듯한 내용에다가 그럴듯한 형식의 옷을 입히는 것이 아니라 침전된 내용이라는 형식을 갖고 있을 따름이다. 문학은 써먹을 수 없다. 남은 일생 내내 나에게 써먹지 못하는 문학은 권력의 지름길도 아니다. 그러나 역설적이게도 문학은 써먹지 못한다는 것을 써먹고 있다. 문학은 억압하지 않으므로 그 원초적인 느낌의 단계는 감각적 쾌락을 동반한다.

문학은 동시에 불가능성에 대한 싸움이다. 문학은 배고픈 거지를 구하지 못한다.

문학은 꿈이다. 몽상의 소산이다. 문학은 꿈과 현실의 거리를 자신의 의사에 반하여 드러낸다. 문학은 삶의 모습에 가까울 수도 있다. 무엇인가 꽉 찬 삶, 그것이 견딜 수 없게 넘칠 때 터져 나오는 감탄이 문학이다. 모든 사라지는 것들은 문학 속에서 되풀이되며 운명의 한 지점으로 살아 있다. 문학은 마약이다. 혹은 백옥 빛으로 메마르게 번쩍거리며 살아있는 모든 것들을 불태우는 청산가리의 유혹이다. 문학처럼 가벼운 것도 세상에 없다. 문학은 종이에다 펜으로만 가능하며 어떤 차별이나 조건을 요구하지 않는다. 그러나 문학처럼 처절하며 무서운 일은 세상에 다시없다. 문학은 평생을 정진해도 끝나거나 완성되지 않는 형벌이요, 목숨을 바친다 해도 그 대가가 보장되지 않는 까마득한 것이다. 문학은 '무엇이 되기'와 '무엇을 얻기'로는 성립할 수 없는 잔인한 그 무엇이다. 문학은 그 앞에 허욕을 버리고 가난한 자신을 모두 바치는 자에게만 역사의 월계관을 씌우는 잔인한 예술이다. 어찌 보면 문학은 과학기술 발달로 천박한 소비문화의 탈문자화 시대에 밀린 주변인이다. 머지않아 문학이 비밀 결사처럼 읽힐지도 모른다. 문학은 그런 리얼리즘의 산물이다.

주파수의 변명

별이 네게 가는 이유

하늘이 서쪽으로 돌아누워 어두워진다. 이때의 저녁해는 고만고만한 수심으로 일렁이는 쓸쓸함이다. 창마다 새어나갈 빛들이 한 무더기로 모여 안개꽃이 되기도 잔별들이 되기도 했던 저녁. 내일은 또 얼마큼의 계절이 와서 기다릴 건지, 창밖 나뭇가지 끝이 쭈뼛쭈뼛 밤을 맞는다. 사람에게는 누구에게나 제 안에 별이 있다. 몸의 세포 속으로 들어가고 또 들어가면 저 막막한 우주가 나오고, 그곳에 어느 별 하나가 나였던 까닭으로 궤도를 돌고 있다. 별은 그저 그 밤들을 견디며 너에게 가는 것이다.

착한 구두

　신발을 벗고 들여다보면 하루가 고스란히 그 발 모양으로 남아 있다. 뒷굽을 닳아가며 걸어갔던 길들은 구두의 잔주름으로 지도가 된다. 평생 몇 켤레의 구두로 세상을 살아갈지 모르지만, 지금 구두에게만큼은 솔직해져야 한다. 나를 어디든 데려갔던 구두이지 않은가.

삼인칭의 시간

일주일 째 닫혀 있던 창문을 열었을 때
함박눈이 내리고 있었다.
이제야 통했다는 듯
눈의 두께만큼 창문 테두리에
성에꽃들이 활짝 피어 있었다.
소리도 없는 눈송이 하나가
어떻게 땅에 홀로 안착하는지
가만히 바라보고 있노라면,

나무는 제 몸에 아무것도 걸치지 않고
이 망망한 세상 한 점 쌓이는 인연을
뚬벙뚬벙 내리는 눈발 아래
구도의 자세로 묵묵히 받아내고 있었다.

가끔 수다스런 바람만
눈을 툭툭 털어내며
그리운 이름 귀엣말로
불러 세울 뿐이었다.

눈이 내렸다는 사실을 아침 창을 열어보고 알았다. 밤새 쌓였던 눈은 비로소 누군가의 빗질로 한나절 햇볕에 서서히 녹아가리란 것. 그때쯤이면 인생도 누군가 걷던 길을 따라왔다는 걸, 눈 위 발자국으로 알 수 있겠다.

나이테의 사생활

　북쪽 바람을 이겨낸 나이테는 촘촘하게 둘러가고 남쪽은 느슨한 곡선으로 완만하다. 나무는 하늘에 뿌리내리며 가지를 키우다가 다시 한 번 뼈인 채로 산다. 가구에 손을 대고 있으면 나이테 무늬에서 어느 산에서 불었을 바람이 만져진다. 삶이란 때때로 기억 저편 혹은 죽음 저편의 생각을 온몸으로 답하는 과정이다. 그래서 현실이 남루할수록 일생의 비밀은 간직할만한 것이다.

봄꽃

꽃이 일제히 피어나면서 시든다.
구름으로 된 시추공이 도시를 뚫을 때
그 끝은 용접 불꽃처럼 타들어 간다.
꼭 한 번은 막차를 놓친 기분으로
진물이 꽃대 밖으로 몰려나온다, 잠을 깎으니
몇 번의 生이 배차된 것 같은 밤으로 마른다.

수배는 가장 외로울 때 붙이는 꽃말,
그것을 검거하기 위해 공터는 죄다 흉터다.
지금 떠올리는 이름이 마지막으로
오늘의 알리바이를 지운다 대책 없이
그리워지는 사람을 봄이 수배해오는 동안
도시는 옥상에서 죄수복을 털고
줄무늬 횡단보도가 사람을 줄 세운다.

꽃집에는 꽃들이 면접하는 지폐가 있고
들녘에는 꽃들이 PT 하는 그늘이 있다.
오래 꽃을 생각하면 꽃이 어느 날
실뿌리로 움켜쥔 집착을 채용해야 한다.
다만 꽃 같은 세상이 있다는 건
칠흑으로 황량한 세상 어딘가에서
내 이력을 조용히 읽고 있다는 것
이제 내게 던져질 꽃이 점으로 찍힌다.

그 많은 도시

내 심장 어딘가에서는 굴뚝이 있고 연신 뿜어내는 매연이 있다. 회색이 짙을수록 어느 강가 수면 위로 쿨렁쿨렁 안개가 뱉어진다. 내 안이 지옥이 되어야 내 밖이 살아갈 수 있다. 나는 어쩌면 생을 광합성하며 타들어가는, 시간에 뿌리 내린 공단(工團)일지도 모른다. 나의 재화를 위해 주위를 망치는 날들이 많아지는 건 아닐까. 때로 배려가 오염으로 이어지는 것만 같아 내가 흘려보냈던 마음이 폐수로 시커멓게 보인다. 어쩌자고 나는 내 안에 그 많은 도시를 세운 것일까. 공산품 같은 표정을 도처에 보내며 감정을 혹사시키며. 안개가 짙은 날은 누군가의 후회가 이 날에 도착한 것이다. 희미한 앞을 휘저으며 한 사람이 쓸쓸히 제 미련으로 돌아가는 날이다.

소소한 추락

딱딱한 잎들이 바닥에 떨어진다. 둔탁한 부딪힘, 바람 속에서 무게를
바꾸고 움직이고 서로 교통하며 흩어진다. 가을에는 사소한 것들에게도
존재감이 명백하다. 구름은 수제비처럼 햇볕을 뚝뚝 떼어내 양푼 같은
그늘에 담는다. 잠시 들끓던 상념이 사라지고 마음이 퍼진다. 나에게 깃
든 것이 풍경으로 돌아가 조용해진 것이다.

생몰(生歿)

편두통이 밀려올 때 몸에서 종소리가 난다.
그 소리를 들으려고 마음이 마음을 흔든다.

일생이 멀미로 잦아드는 추억들
비매품 같은 후회도 꺼내보면 한때
희망이 견본이었으므로.

감정은 제 안 종(鐘)의 떨림이다.
그 여진이 먼 날들에 이르러 멎지 않을 때
지독한 시차로 사랑이 온다.

새벽이 부산한 생몰을 기록하다
남은 어둠에 빛을 갈아 접는다.
약봉지처럼 하루씩 파리한 청춘.

자다가 내가 내 호흡 때문에 깨면
가만히 숨을 멈추고 生 밖을 내다볼 때가 있다.

초록빛 초대

빈 몸으로 나를 초대하는 나무들이 있다. 걷다 보면 산은 돌아누우며 어느새 좁은 샛길을 열어 보인다. 턱 끝까지 숨이 차올라 오르다 산 앞에 조금 더 겸손해질 즈음, 바람은 나뭇가지를 빗질하며 눈부신 햇살을 쏟아 놓는다. 좁은 길 하나를 사이에 두고 서로 뿌리를 잇대고 가지를 잇댄 나무들 사랑하라 사랑하라 고개를 끄덕이며. 늘 갑갑한 넥타이에 매여 이정표도 없이 얼마나 흘러 왔던가. 한 해 한 해 나이테를 생각하며 산에 오른다. 묵묵히 겨울을 이겨내는 나무들의 수화를 배우러 간다. 층계를 밟아 오르며 나를 짓눌렀던 무게 떨쳐 버리고 싶을 때. 하늘을 나누어 이고 서로 넉넉히 몸 맞대다 보면 알 수 있을까. 저 아래 도시에서 키웠던 허물 많은 것들, 얼마나 어리석었는가를, 얼마나 슬퍼지는가를. 가릴 것 없는 산에 올라서면, 황량한 정신에 초록 물을 들이고 싶다.

상처도 사랑이고 사랑도 상처이다

내가 움직일 수 있고 세상을 볼 수 있고 느낄 수 있다는 것이 얼마나 신기한 일인가. 나는 어쩌면 저 밖 소나무에 걸친 한순간의 바람이었을 수도 있었으니, 모든 법칙이 그러하듯 나는 비로소 원인과 결과 사이 육체로 입혀진 그 어떤 입자가 아닐까. 이 진귀한 체험과 정신적 방황은 어떤 대가로도 얻을 수 없는 것이다. 내가 타인에게 반응하고 타인이 나로 인해 반응되는 모든 데이터가 충만한 유영. 내가 나를 소유하는 것은 곧 나를 통해 타인을 소유하고 싶은 것이다. 감정이란 그 텍스트 안으로 들어와 버린 새로운 읽기 방식이다. 하여 상처도 사랑이고 사랑도 상처의 것이니, 오늘을 사는 나는 매번 전송되고 완성되고 충돌하는 미시적 구조의 입자들이다.

당신에게 가던 길이다

놀랍지 않은가.
지문을 점자 삼아 마음을 짚어가는
자판들, 우리가 수없이
떠났던 주소의 길이었으니
타박타박
자판을 밟으며 가는 길은
씨줄과 날줄로 덧대어지는
인연이거나 운명이었던 것.
하여,
지나온 길들은 죄다
당신에게 가던 길이다.

자판의 음계를 밟으며 만들었던 언어들, 혹은 주소와 엔터로 찾아갔던 집들. 손가락의 문양을 쉴 새 없이 더듬으며 당신의 마음을 읽어낸 자판 덕분이다.

가을을 걸어 지나며

가을에는 추억에도 피가 돈다. 거대한 피돌기는 나무와 나무를 지나 산과 산을 물들인다. 땅속 기억과 기억이 연대하여 붉은 절정에 이르면, 잎맥 사이로 뻗어 간 피의 흔적이 바람 속에서 말라간다. 가을이 쓸쓸한 것은 우리가 기억하지 못하는 누군가가 우리를 기억하기 때문이다. 기억을 타인과 공유하게 되면 추억이 된다. 그러나 기억을 공유할 사람이 없다면 추억은 지상을 떠돌아야 한다. 누군가의 기억이 타인의 시간에 이끌렸을 때 문득, 자신은 낯설어지기 시작한다. 매번 다녔던 길이 생소하고 처음 간 곳일지라도 예전에 온 것 같은 기시감이 밀려든다. 이때의 기억은 보존된 그 무엇이 아니라 스스로 생육하는 존재에 가깝다. 기억이 시들어가는 그 다른 편에서는 풍부한 기억이 자란다. 무성한 기억일수록 시간을 지속시킬 감정의 양분이 많다. 아무런 가치도 없는 관심 밖의 일은 황폐한 불모지일 뿐이다. 지상을 떠도는 수많은 추억은 광활한 시간의 대지에서 안으로 안으로 단단한 테를 두르며 한 그루씩의 나무로 숲을 이룬다. 그 가장 빛나는 순간이 아름다워서 소름 돋는 이 가을의 경이이다.

기억한다는 것은 과거의 그날을 지금 경험하는 것이다. 그러나 그날은 지금 현재가 아니므로 지금의 생각이 그날에 있을 수 없다. 지금 내가 느끼는 생각은 그날의 생각과 다르다. 이미 끝나버린 과거를 경험하기 때문이다. 그 낯선 과거를 다시 살아보는 것이 지금 이 가을에서의 추억이다. 추억은 현재의 관점에서 과거에 갈 수 있을 뿐 아니라, 과거의 관점으로부터 미래의 시간에도 갈 수 있다. 그래서 미래의 누군가가 지금, 우리를 바라보고 있다는 것을 이해해야 한다. 우리는 항상 미래의 눈으로 기억을 끌어와 다시 한 번 느끼기를 원한다. 덧없는 시간에 대한 보복 같은 걸까. 영원히 소유할 수 없는 하루하루를 기억이라는 메커니즘으로 붙잡아 두고 싶은 것이 우리의 미련일 테니까.

코끝에 전해져오는 선선한 공기의 밀도. 도로며 간판에 덧칠되는 유화 같은 햇살. 길게 늘어뜨린 외로운 그림자를 지워가는 저녁놀의 스산함. 계절은 그렇게 감정의 기복처럼 서서히 기온의 변화로 찾아온다. 상념 하나가 아득히 먼 곳에서 출발해 지금 나에게 다가온다. 막막한 과거에서 현재까지 이어지는 길이 만들어지고, 그 길 위로 옛일들이 현재인 이곳에 속속 채워진다. 그리고 점점 부풀어가면서 시간을 잠식하고 또 그렇게 전진하면서 미래로 나아간다. 마치 스위치가 환하게 들어온 나무의 붉음처럼 현재에 잠시 깃들다 점점 더 밝은 빛의 농도로 나에게서 떨어져 간다. 그리고 광활한 우주의 어딘가로 끝없이 흩어진다. 이 상념은 나에 의해서 결정된 것이지만 결코 나의 것이 될 수 없다. 상념이 출발한 그때는 이미 미래의 지점과 연결되어 있기 때문이다. 그러니 지금 나는 예측 밖의 가능성을 계속 만들어가고 있는 셈이다. 하지만 지금의 생각은 미래에서조차 어쩌지 못하는 필연성을 가진다. 쓸쓸함은 쓸쓸함

위에 겹쳐지며 끊임없이 시간의 주름을 누벼간다.

　하나의 색으로 물들어 간다는 것은 자연의 신념이다. 이것이 자연의 진정성이라면 우리는 가을 나무의 영혼을 보고 있는 것이다. 가을 나무가 연대해서 소유할 수 있는 것은 자신의 기억에 대한 믿음이 전부이다. 사계절을 순환하며 몇 해가 가고 또 몇 해가 가더라도 가을마다 그렇게 낙엽이 질 것이고, 또 누군가 가을 속으로 사라질 것이다. 아득한 기억 속 묵묵히 물들어가는 잎새들, 그곳에서 추억은 다양한 양상으로 살아갈 것이다. 단지 그곳의 나는 이곳의 나를 기억하지 못할 뿐. 그리고 추억은 변덕스러운 현실을 볼모로 살아가는 내내 변장해 간다. 추억 속에서는 어떤 것도 사라지지 않는다. 다만 시간에 의해 스스로 자리를 옮겨갈 뿐이다. 가을은 지나가고, 나는 그곳에 잠시 머무르기로 한다.

어느 빈집에 나무 한 그루 서있다. 오랫동안 방치된 빈집이 혼자라고 믿는 동안에도, 내가 마음 닫고 있었던 그때도 그랬다. 누군가가 나를 지켜보며 묵묵히 기다리고 있었다. 돌이켜보면 마음 과 마음 사이 문이 있었고 그 모두로 통하는 문이 있었다.

빈집에 든 바람

문밖에 그가 와 있었다.
무슨 말을 하려는 것인지
가늘고 긴 문장마다
초록을 매달아 놓았다.
그리고 가끔씩
바람으로 발음하는
햇살의 떨림이 들렸다.

나는 오래전부터
빈집이었으나
누구도 들여놓지 못할
마음이 떠나간 자리였으나
그는 문밖에서 하염없이
기다리고 있었다.

이제 그만,
이 문을 열어주고 싶다.

추억의 데이터

　내가 그동안 가입했던 인터넷의 커뮤니티들, 턱 괴고 앉아 열어본다. 남겼던 글마다 연월일이 기입된 숫자로 멈춰 있다. 그 안에서도 수많은 내가 있어, 지금의 나에게 생경한 글도 있다. 나는 그동안 새것의 나를 만들며 또 수많은 옛것의 나를 버리며 여기까지 왔을지도 모른다. 그러므로 망각은 이곳에서 사라져 다른 곳으로 가는 쓸쓸한 이동이다. 하지만 변하지 않는 내 안의 것이 있어 갑작스런 추억과의 조우에도 견딜만하게 한다. 화석처럼, 단단히 굳어버린 화석처럼 시간에 박힌 채 인터넷에서 빠져나오지 못하는 추억의 데이터들… 커뮤니티, 그곳에 가면 먼 먼 과거의 내가, 내가 남긴 글이, 내가 남긴 기억이, 날짜와 요일과 시각으로 찍혀 박물관처럼 진열되어 있다.

차도

햇살 한 줌 천천히 빠져나가는 저녁
나는 석양을 끝까지 부두에 붓는다.

분위기를 마신다, 사랑이 엎질러진
길 위 풍경처럼 아무도 서행한 적 없는.

빈 병을 세는 사람이 꼭 한 번은 이 바다를
채우러 온다. 그리고 당분간 모험을 따른다.

파도를, 파도를 발음하다 보면 섬이 취한다.
잔이 더 멀리 돈다. 막배의 포말을 보면서.

멀미란 취한 자들의 권태, 깨어나 보면 사랑도
숙취이더라, 이 길에서는 일렁이는 그림자로.

누워 오래도록 기다리다 보면 차도가 있다.

장마예보

장마가 남쪽 해상에 머물고 있다는 예보이다. 잠시 깃들다 떠날 비의 계절, 얼마간 어둑한 징후가 낮은 하늘 아래 펼쳐질 것이고, 나는 죽은 시인의 시를 읽거나 죽은 가수의 노래를 들을 것이다. 해마다 장마철만 되면 생각의 수위도 높아져 때때로 범람한다. 밀려온 것들이 감당할 수 없이 차오르다가도 이내 맨홀처럼 하나의 깊이에 빨려든다. 낮은 곳에 이르러 간절해지는 마음은 또 그것을 지류로 보낸다. 그때는 내가 아니어도 어쩔 수 없다. 무릎을 두 팔로 모아 그 위에 턱 괴고 듣는 창밖, 스피커 진동판처럼 파문과 파문이 겹쳐 몇 날을 더 귀 기울여 듣게 될 것이다. 이제 사라져갈 안개와 다시 돌아오겠다는 편지 같은 기억, 뒤돌아볼 때마다 구름처럼 서성인다. 그런 날 나는 마르지 않는 빨래여도 괜찮겠다. 비가 와서 오도 가도 못할 여행이어도 좋다. 장마가 남쪽 해상에 머물고 있다는 예보이다.

시간을 퍼내는 남자

사내는 표지판 속으로 들어가
시간을 퍼내고 있다.
공사는 오래 지체될 것이다.
그래서 삼각형의 중심이
세월처럼 기운 것일까.

출입을 금지시키며
보수공사 중인 내 희망들,
그동안 나는 너무 오래
우회해 왔다.

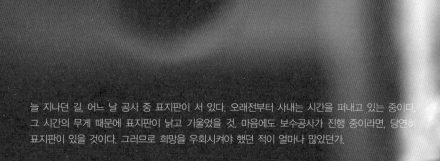

늘 지나던 길, 어느 날 공사 중 표지판이 서 있다. 오래전부터 사내는 시간을 퍼내고 있는 중이다. 그 시간의 무게 때문에 표지판이 낡고 기울었을 것. 마음에도 보수공사가 진행 중이라면, 당연히 표지판이 있을 것이다. 그러므로 희망을 우회시켜야 했던 적이 얼마나 많았던가.

길 위에서

졸음에서 깨어나니 묵은 뼈근하고 여전히 도시는 안녕한지 꿈틀대도 꿈틀대도 꿋꿋하다. 숯불 위에는 삼겹살이 익어가고 11시, 12시가 지난 가로등도 불과하다. 헛것뿐인 이 세계가, 물림 속 공허가 나를 위장한다. 사람을 믿느다는 것은 이런 온도의 나를 보여주는 것이다. 해바라기처럼 택시 차장에 묵을 흔들며 집으로 돌아오는 길, 어둠에 점점이 박힌 불빛이 둥글게 둥글게 뭉쳐 외도 나는 다만 수수 돌린 불구명일 뿐이다. 이 순간 뜨겁게 사그라드는 것이다.

주파수의 변명

　추억이 먹여 살리던 현실도 때로는 여행에서는 허기가 된다. 여행 중에는 그리움의 수신율이 높아 불필요한 잡음이 들리지 않는다. 추억은 과거의 정점에서 이 먼 낯선 시간까지 흘러온 당신의 주파수이다. 그러나 너무 멀리 와버렸기에 잊힌 사람은 또 얼마나 될까. 흐르는 시간에 얇은 습자지 같은 막을 드리워 그 무늬를 들여다보는 추억. 그러나 어느 한쪽에서 슬며시 놓아버린 시간들. 영영 통화 중이거나 부재중인 사람. 아파할 만큼 계절이 깊다면, 햇볕갈증을 견디다 못해 내려놓은 낙엽을 끝내 작별로 이해해야 한다.

노래

저 나무들을 실로폰처럼
하나하나 두드리고 싶다.
한 음이 울릴 때마다
초록이 흐드러질 것이다.
아지랑이가 몰려다니며
오선지를 흐리는 한낮,
내 나이를 두드리고 간 계절은
어떤 곡을 꿈꾸었을까.
내가 사랑했던 것들
내가 그리워했던 것들
음표처럼 잎새가 날린다.

추억은 기억력이 깊다

가끔 그 바다가 안녕한지 궁금하다. 끝없이 길을 내미는 고속도로를 따라 그 밤, 손을 뻗듯 찾아갔던 바다. 작은 폭죽이 소소한 별을 매달고 누군가의 발자국을 따라 포말들이 오랫동안 포장마차 주위를 서성거렸던, 미안할 것도 없고 그렇다고 기뻐할 것도 없고 다만, 굵은 소금에 대하가 붉게 달아오를 때까지 번개탄의 열기와 소주 몇 잔이 가져다주는 밤바다의 풍경이 그립다고나 할까. 추억은 기억력이 깊다. 지금 밖에서 흔들리는 가로수의 가지들은 그 뿌리의 표정이며 얼굴이었다. 알 수 없는 표정을 지으며 떠나간 것들은 작심하고 떨어지는 낙엽을 닮았다. 갔던 길을 되돌아오는 것만큼 쓸쓸한 것도 없다. 나는 떠났으나 되돌아오는 것은 그때의 내가 아니다. 그러니 누가 나를 기다릴 것인가. 나는 나를 믿지 않는다. 더불어 당신도 믿지 않는다. 그런데 왜 이렇게, 그 바다가 안녕한지 궁금한 걸까.

마음의 부피

현재보다는 과거가 훨씬 선명할 때가 있다. 현재는 불가항력적인 것이지만 과거는 마음으로 간직할 수 있는 부피를 가졌기 때문이다. 꽃향기 은은한 편지지의 질감이라든가, 평평한 바위를 내려다보고 있는 하늘이라든가, 그런 것들이 때로는 어두운 터널을 빠져나오는 기차의 동력이다. 아무것도 가진 게 없어서 무작정 흘러갔던 무구한 시간에게 현실은 간이역조차 없지만, 우리가 지나왔던 그 길에는 이렇듯 벚꽃이 피어 있다. 그 아련함으로 계절은 볼륨을 높여 꽃의 향기를 전하는 것이다.

봄의 침입

하루하루가 너무 밝아, 누추한 내 안에도 햇살이 든다. 아구구, 의자에 앉은 채 기지개를 해보는데 내 몸 어딘가에서 뼈가 자라는 것처럼 뚝! 소리가 들린다. 동그랗게 눈을 떴다가 아주 살살 몸을 비틀어 본다. 나의 성장은 서둘러 멈췄으나 더 이상 뼈들은 제 살을 찌르거나 마음을 덧나게 하지 않는다. 가지 끝 절대고독 같은 꽃이 봄의 중심을 찔러낸다. 무시로 피어나는 창밖 개나리 두 손 쭉 뻗어 왼쪽으로 옆구리 굽히는 모습. 나도 따라 하고 싶은 봄이니까 아구구.

막차

가로등 불빛을 꺾으며 달리는 버스는
지금 막 기어를 바꾸는 중이다.
막차란 기다림처럼 막막하여서
손잡이에 붙들려 가는
표정없는 얼굴들,
하루가 창백하게 묻어 있다.
꽉 쥔 손아귀에 어떤 손금의 길이
이 밤을 끌어왔는지
정차할 때마다 팔목에 힘줄이 돋는다.
무엇이었을까, 졸음으로
쏟아져 오는 이 생의 꿈과
가방 하나 등껍질처럼 붙어가는
막차의 시간들.
하나둘 그 빈자리의 손잡이,

저들끼리 흔들리며

쓸쓸함이라든가 외로움이라든가
비워지는 버스 안을 투망질 하는데,
나는 아직 내리지도 못하고
버스는 아직 나를 비워내지 못하고
자꾸만 자맥질하는 밤.

평행의 유년

나는 기차로 인해 그립다. 기차의 흐름에 내맡긴 시간의 방향은 언제나 신선하고 낯선 것들과의 조우이다. 현실에 몸부림치는 나를 통과하는 기차는 한없이 질주하며 목쉰 쇳소리로 떠나고 또 떠나가는 것이다. 저만치 놓쳐버린 기차의 뒷모습을 바라보는 누군가의 애달픈 눈빛처럼, 우리는 잠시 차창에 기대어 오는 추억을 보게 될 것이다. 충남 대천역을 지나는 기차는 우리 집 마당 너머 논밭을 가로질러 지나쳐가곤 했다. 그것을 바라보며 나는 끝없이 길고 가없이 뻗어 간 막막한 기찻길을 생각했다. 간이역 불빛처럼 어린 내가 늘 거기에 있었다.

청춘과 마스카라

초등학교에도 다니지 않을 무렵, 집 근처에 허름한 영화관이 있었다. 나는 극장의 간판이 바뀔 적마다 철조망 쳐진 쪽문을 지나 객석 뒤편으로 몰래 숨어들곤 했다. 등받이 뒤에서 눈만 내놓은 채 '정윤희'의 알몸을 훔쳐보았고, 악의 무리를 소탕하고 유유히 사라지는 총잡이들의 흥미진진한 서사를 보았다. 그때 나는, 나이가 들면 영화 속 세상처럼 멋진 인생이 펼쳐져 있을 거라고 막연한 환상을 키워갔다. 면도를 해야 할 나이가 되자 몇 번의 절망과 몇 번의 사랑이 나를 베고 갔다. 가끔은 그 철철 흐르는 현실로부터 유예된 꿈에 대해, 문득 찾아오는 쓸쓸함에 대해 술과 담판을 벌일 때도 있었는데, 대부분 변기 앞에서 끝을 맺을 뿐이다. 모든 것이 불확실했을 그때, 나는 친구들과 만나지 않았고 우연한 만남에서조차도 멋쩍은 미소로 그동안의 부재를 둘러대고 헤어졌다. 지독하게 스스로에 집착하던 그 무렵, 겨울 동면 같은 대인기피증이 몇 달째 이어졌다. 그때 내가 왜 다방 레지를 사랑하게 되었는지, 아슴아슴 완행버스를 타고 그녀가 옮겨간 먼 곳까지 찾아갔었는지, 그녀의 마스카라를 타고 흐르는 눈물을 문신처럼 마음에 새기고 돌아왔는지 지금도 알 수 없다. 청춘을 탕진한 이 끝없는 추억들. 나는 어쩌면 어릴 적 그 영화관, 잠시 보았던 신파를 흉내 낸 것인지도 모른다. 이렇게 흐린 날은 마음의 뿌리가 더 멀리 자릴 잡는 것이어서, 과거로 이어진 길은 결국 나를 되돌아보는 에움길이었다고 문득.

마음의 우기

요즘 무엇에든 젖어 보라는 듯, 비는 억수로 쏟아진다. 우기는 삶을 내성으로 이끈다. 잠깐 비 그친 그 사이에도 매미는 울고. 좀처럼 끝날 것 같지 않은 이 지루한 공방 너머 분명 당신이 고만고만한 이 하늘 아래 있다는 것 안다. 결국 내가 맞았던 비나 당신이 맞았던 비나 맨홀로 흘러들어 낮은 하천을 따라 바다로 흘러간다는 사실. 그리하여 지금 내리는 비조차 먼먼 과거에 우리가 젖었던 것이었을지도 모르고, 아니 그 먼먼 과거 우리가 태어나기 이전부터 내렸던 운명이었을지도 모른다. 장마전선 심근 어디에선가 도사리고 있는 이 막막한 하루. 비가 오면 나로 인한 것들, 마음 밑바닥부터 차오른다.

부재 효과

  산다는 것은 부대끼는 삶 사이에 등대 하나 세우는 일. 그 불빛의 회오리가 이 늦은 아침, 커피잔 안에 있다. 그러나 식은 커피처럼 많은 시간이 주어져도 뜨거운 열정이 없다면 운명은 내편이 아니다. 점점 시간이 흐를수록 일생은 비대해져 매끈하게 희망으로 빠져나오지 못한다. 아주 더디게 한걸음 뗄 때마다 주위의 수많은 관계가 거미줄처럼 달라붙는다. 지하철역 앞에서 편지를 부친다. 약효는 오래가지 못할 것이다.

기약 없는 기별

 밤은 해에게 충전을 받는다. 핸드폰 충전기처럼 붉은빛이 다하면, 푸른 저녁이 온다. 바람은 그 사이로 전송되는 공간의 데이터이다. 그러나 애초에 처음 바람이었을 공간, 그곳이 먼 시베리아 자작나무 숲이었으면 좋겠다. 산을 넘고 강을 건너 쉼 없이 이어져 나에게 어떤 기별이라도 보내는 것이었음 좋겠다.

교신

　내게서 건너갔던 마음이 결려 눈물이 되는 건, 당신과 나 사이 외로운
송전탑이 있기 때문이다.

당신은 더 이상

한 꺼풀씩 벗겨지는 어둠을 배경으로 유리창 중간 열쇠의 물음표를 만지작거린다. 정지용 식으로 말하자면 차고 슬픈 것이 어른거리는 것일 터인데, 깍지를 끼고 두 손이 교차하는 지점에 이르러 기억도 몇 겹의 커튼처럼 치고 닫는다. 그러나 아무리 열어도 기억나지 않는 먼먼 창문이 있다. 이제 누군가 열어주지 않으면 마주칠 수 없는 기억. 이제 가을은 가을에 있지 않고, 당신은 더 이상 당신에 있지 않다.

148

스무 살 여행

스무 살 무렵 겨울, 무작정 가방을 꾸리고 기차를 탔던 적이 있다. 가방 속에는 전국지도와 몇 권의 책이 있었다. 가슴 속 무언가를 어째지 못하고 몇 날을 뒤척임처럼 앓고 나서였다. 혼자가 된다는 것은 꿈꿈 끝 여인숙의 간판처럼 쓸쓸함을 견디는 것이었다. 그러나 나는 그 막막한 운명을 믿기로 했다. 마른 문어다리와 고추잠자리, 소주가 전부인 저녁 장의 풍뚝삐뚝 수첩 위로 지나갔다. 춘천, 속초, 주문진, 동해… 그렇게 대청기 페이지처럼 무작정 넘겨졌다. 그것은 마치 전날의 일기를 지도로 한 여로 같은 것이었다. 아무도 없는 식당을 찾아서 허기가 기웃거렸고, 겨우 내뱉는 말은 더듬이를 가지고 있었다. 내가 나를 읽어보지 못할 만큼 나를 멀리 떠나라고 싶었다.

불현듯 내가

살면서 내 것을 버리는데 걸리는 시간이 추억을 무모하게 만든다. 이해도 확신도 없는 너무 빨랐거나 너무 느린 기억의 속성. 들여다볼수록 지그재그로 금이 갈 뿐. 두려운 것은 내가 하나의 선택에 불과했다는 것이다. 변주된 청춘이 꿈의 환부마다 필연을 바르는 그저 이미지로 종속된 시간들. 그러니 일생에 있어 生은 얼마나 관대한 광경인가. 우리가 보는 세계는 점점 사라지고 과거는 우리를 추억으로 만드는 것이 아니라 전송되는 텍스트로 만든다. 잠시 후 이 글은 공기와 빛을 자장으로 다른 몸을 이룰 것이다. 불현듯 또 다른 내가 생각을 입을 것이다. 명랑한 집착아, 부식된 환상아, 안녕. 이제 내 뜻으로 나를 하나 버렸다.

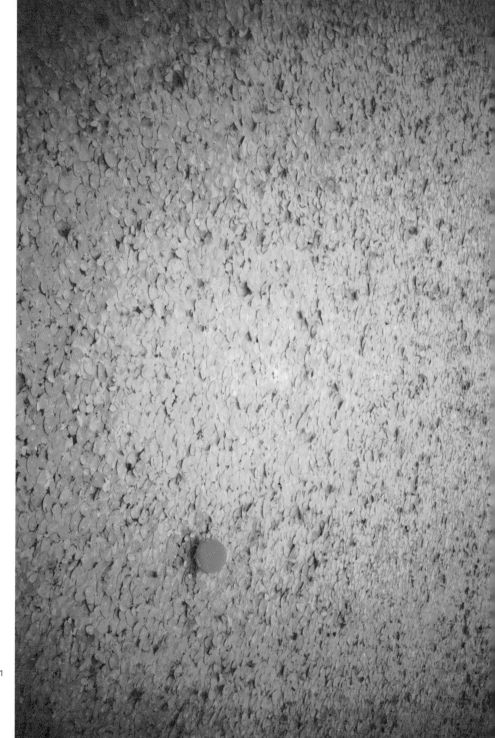

대학시절

시장 어귀에서 혼자서 자취하던 대학 시절, 보일러 기름을 배달시키는 것보다 직접 받아다 넣는 것이 싸고 양도 많다는 주인의 말에 목도리 질끈 매고 골목에 세워 둔 양씨 아저씨 리어카를 빌려 끌고 나섰다. 주유소 리터기 돌아갈 때 이 기름이 겨울밤 내 등을 따뜻하게 어루만지는 녀석들이구나 싶고, 덜컹덜컹 싣고 올 때 마개에서 조금씩 새는 기름이 아까워 천천히 오르막을 피해 먼 길을 돌아오고는 했다. 지독히 추운 날, 옥상에 올라가 보일러통 기름 양을 살피면서 조마조마했던 밤이 있었다. 그 겨울밤에 나는 무엇을 했을까. 한쪽 벽면에 원고지 압정으로 꽂아 놓고, 내 마음도 꽂아 놓고. 글을 쓰기 위해 다시 시작한 이 짓이 잘한 일이라고, 더 늦기 전에 청춘 앞으로 꺼내 놓은 詩들이 기특하다고. 정말 하고 싶은 일하다 죽는 것이 얼마나 좋은 것이냐고. 하중과 모멘트 그리고 시멘트 배합비로 공치며 지낸 몇 년을 헐값에 처분해도 괜찮다고 했던 날들. 어쩌면 지독히도 외로웠고 무언가 한없이 그리웠던 밤. 살아야겠다고 이 세상을 사랑해야겠다고 쓰고 또 썼던 겨울밤. 문득.

바람 나무 아래서

바람 부는 날이 좋다.
살아있는 것들의
몸부림을 볼 수 있기 때문이다.
흔들릴수록 더욱 아름다운 것은
나무를 붙잡고 있는 잎새들이다.
가을까지 버티는 저 몸짓
삶에 흔들리는 나를
타이르고 있는 것이다.

나무는 잎새로 계절을 산다. 바람 부는 날, 햇볕 아래 손거울처럼 흔들리는 잎새들. 저리 흔들리면서도 안간힘으로 나무를 붙들고 있다. 한없이 흔들리는 것이 삶이라면, 저 잎새는 연민으로 살아가는 사람의 표정이다. 묵묵히 바람을 견뎌내는 잎새를 보면서, 당신도 나도 그렇게 살아내고 있는 것이다.

길에서 길을 읽다

벚꽃이 공중에서 흩날린다. 고요하고 고단한 바람, 점점이 날리는 흰 빛은 언제나 무심하다. 오랜 오후를 견디는 담벼락은 골목에 기대어 조락한 햇볕을 받는다. 벚꽃이 흐드러질수록 나무는 저 혼자 햇빛을 흔들고 어느 채마 밭 거미줄은 기면(嗜眠)에서 운다. 전선들은 기와 틈 사이의 무거움 위에 겹가지처럼 뻗어 간다. 전깃줄이 짐과 짐을 얽혀 세우는 동안 어느새 저녁이 걸리고, 비로소 볼빛이 발갛게 열린다. 그러나 골목에 들어서면 집들의 마음에 들어가게 되는 것이다. 대문과 대문을 음미하면서 찬찬히 걸어가 집이 대화하듯 애돌아 나오는 길. 이때는 검을 빨리 찾기 위해서 길을 잃어며 헤아 한다.

연꽃처럼

연잎은 접시안테나처럼 잎을 펼친 채 태양을 읽는다. 무수히 쏟아져 내리는 햇살과 교신해온 연꽃향기는 그야말로 청량한 기호들이다. 강렬한 한낮의 태양빛 아래 연꽃은 그래서 100만 년 전 상징을 간직하고 있다. 태양 중심부에서 문득, 하나의 생각이 에너지가 되어 이렇게 인연을 광합성 하는 것이리라. 이곳에 오리라고 마음먹은 건 일종의 숙명이다. 이 초록의 집단 무의식에 연결되어 있는 원형은 100만 년을 산 사람의 기억과도 같다. 연꽃들은 깊은 차원에서 이미 하나의 정점에 맺혀 있다. 그러니 눈물을 믿는다는 건 나와 그리고 한때 나였던 것들에 대한 경배이다. 어쩌면 지금의 현실보다 연꽃의 자태가 더 우주적인 질서일지도 모른다. 시간이라는 너른 밭에 생명의 뿌리를 내리고 살아가다 보면, 어느덧 나도 접시안테나를 펼친 채 누대의 생을 받아내고 있다는 생각.

연꽃은 6월부터 9월까지 피고 지기를 반복한다. 여느 정치의 허세처럼 소란스럽게 일제히 피지 않고 조금은 사소하게, 그러나 진지하게 시즌을 지난다. 연꽃 길을 걷노라면 이러한 연꽃들 개개의 성격과 마주한다. 마치 알고 지냈던 사람들이 뿔뿔이 흩어져 어디론가 사라졌다가 하나씩 만나게 되는 인연처럼, 꽃의 표정이 다양하다. 활짝 핀 채 제 안의 노오란 속내를 점점이 드러내는 꽃이 있는가 하면, 완전히 시들어 너른 연잎 한가운데 떨어져 말라가는 꽃도 있다. 인생은 이렇게 같은 날, 같은 장소에서 서로 다른 나를 만나게 한다. 수많은 가능성에 스스로를 의지하며 이날까지 살아왔으니, 연꽃의 생은 신념이 이뤄놓은 쓸쓸한 사건이다. 결국 나와 당신은 봉오리의, 만개된, 떨어진, 연꽃이 뒤섞인 지상의 시차를 견뎌야 한다. 후회는 내가 조금 더 누추해졌었길 바랄 뿐.

칠흑 같은 내 안의 추억은 악취뿐이었으나 당신은 그 악취에 뿌리내린다. 나는 더욱더 썩길, 썩어가길 원했어야 했다. 그러나 온통 침전된 불행의 지층 사이로, 부끄러운 나를 휘저으며 더 깊은 곳까지 따뜻한 슬픔이 온다. 막막한 깊이에서 내가 할 수 있는 일이란 혼탁한 내 안의 덩어리를 놓아주는 것. 그리하여 나는 살아가는 것이다. 무수한 입자 속에 나를 분해하면서, 아니 용해되면서 가닥가닥의 촉감에 의지하면서. 그렇게 나에게로 다가오는 당신은 누구인가. 나를 흡수하고 지상의 높은 곳까지 끌어올리는 당신은 누구인가. 나를 꽃의 향기로 흩날리게 하는 당신은 누구인가.

흰색 사이로 번진 분홍의 홍련(紅蓮), 순수한 백옥 빛 백련(白蓮), 연못이 막 피워낸 것 같은 수련(垂蓮)……. 이처럼 연꽃은 경건하다. 연꽃이 진흙 속에서 피어난다는 사실보다, 연꽃 씨가 오랜 세월이 지나도 썩지 않는다는 사실보다, 연꽃이 불성을 상징한다는 말보다 더 이끌리는 건 연꽃이 어쩐지 사람 같다는 생각 때문이다. 사람에게도 향기가 있고 색깔이 있다. 곁에만 있어도 은은한 이끌림으로 마음이 환해지는 사람이 있는가 하면, 몇 마디 대화에도 지독한 이기심이 서려 있는 사람도 있다. 그러나 어찌하랴. 우리는 어차피 이 지구의 시간 속에서 뿌리내리며 살아가고 있지 않은가. 다만 일찍 피었다 질 뿐, 아니 늦게 피느라 아직 준비가 덜 되었을 뿐. 나는 당신에게, 당신은 나에게 연꽃이 되어 그렇게 이 계절을 살다갈 것이므로. 아주 오랜 시간이 흐르고 난 뒤, 나는 그때 당신이 향기로웠다는 것을 첫 눈빛으로 기억하고 싶을 뿐이다.

우정의 공모

오랜 친구인 그가 오래전 나와의 일을 알려준다. 그러나 나는 도통 기억이 나지 않는다. 생생하게 재현해내는 그의 추억 속에서 나는 속수무책으로 기록되어 있다. 그는 웃으면서 친절하게 설명을 해준다. 몇 번을 들어도 나의 기억은 왜곡된 오류투성이의 짜깁기 같다. 과거는 결국 해석이다. 우정이란 미래를 향해 존재하면서 복잡한 암시체계를 가진다. 지금 우리를 일깨워주는 것은 요란한 삶의 정점에서의 고요, 행복에 둘러싸여 있을 때의 외로움 같은 것이다. 그러므로 그와 내가 공모할 수 있는 것은 망쳐버려도 미련이 없는 미래이다..

사랑은 하는 것이 아니라 견디는 것이다

강

강에 주름이 잡히는 까닭은
단 한 번의 인연을
떠나보냈던 세월 때문이다.
잎 띄우며
뒤척인 자리마다
온통 부표처럼 그리움이 일렁인다.
누가 그 수심을 잴 수 있을까
너를 떠나보냈던 마음
철없는 풀이 되어
길게 그림자 드리울 때
사랑아
사랑아
강은 자꾸만 물이랑을 친다.

인연은 흐르는 물과 같아서, 한번 헤어진 사람은 강물을 거슬러 기약하기 어렵다. 진정한 만남은 시간이 기다려주는 것이 아니다. 만날 수 있고 사랑할 수 있을 때 만나고 사랑하는 것. 그것만큼 절실한 풍경이 어디 있을까. 그래서 강은 자신이 늙은 이유를 우리에게 그렇게 일러준다. 물이랑 을 밀어내고 또 밀어내며, 오래전 너를 떠올리듯 '사랑아, 사랑아'

건널목 연가

전봇대 앞 푸른 신호가 건너올 때까지
떠올려 보는 너.
하숙집, 과외, 이삿짐센터 전화번호
다닥다닥 붙었다가 떨어진 흔적을 보면서
너는 어떤 하루를 건너고 있는지.

전봇대는 그렇게 서서
누군가를 기다리는 것이겠지.
한 떼의 차들이 지나칠 때마다
땅속 깊은 곳으로 가는 떨림을 견디며
온몸으로 그리워하는 것이겠지.

오래전부터 기다려왔다는 듯
이제쯤 건너올 것이라는 듯
건널목 전봇대,
그림자를 어깨로 받아주고 있다.

건널목에서 신호가 바뀌기까지 참 많은 생각이 오간다. 그것이 기다림이라고, 그것이 혹은 그리움이라고 믿고 싶어진다. 전봇대가 웅웅거리는 한때, 많은 인연이 건널목을 스쳐 지나간다. 건널목에서는 눈물을 보이지 말자. 이제 사랑이 건너갔음으로 해서 다시, 사랑이 건너올 것이므로.

편지 꽃다발

그리운 사람에게 편지를 쓰고 싶다. 올곧은 마음의 줄을 따라 또박또박 글자들을 채워내며 따뜻한 말의 풍경을 그려내고 싶다. 편지가 아름다웠던 시절, 멀리 있는 사람에게 편지만큼 편안한 소통의 도구도 없었을 것이다. 특히 은은한 마음을 전달하고자 하는 이에게는 더욱 매력적이다. 그래서 그 시절에 주고받았던 편지는 깊은 함에 보관되어 가끔 추억을 되살려내기도 했을 것이다. 이렇게 편지는 마음이 오가는 특별한 방식이었다. 그러나 핸드폰과 이메일의 시대에 편지의 자리는 어디일까. 더 이상 손수 편지지에 써 내려가는 안부가 필요 없게 되었을까. 편지는 우리에게서 쓸쓸히 잊혀 가는 것일까.

요즘 배달되는 편지에는 딱딱한 인쇄체가 대부분이다. 주민번호와 계좌번호 혹은 전화번호로 포위망 좁혀 오는 청구서들이 편지함의 텃새가 되었다. 이메일 또한 어떠한가. 보내는 즉시 받고 또 수신확인이 이뤄져 사나흘 발효되는 그리움이 끼어들 틈이 없다. 또한 핸드폰은 우리를 너무 수다스럽게 만들고 종종 설익은 고백으로 서로의 상처가 되기도 한다.

한때 편지는 우표에 찍힌 물결무늬 소인을 따라 세상 어디든 흘러갈 것처럼 보였다. 그래서 포크송 책자 뒤편 펜팔난의 낯모를 이에게 무모하지만 쓸쓸한 마음을 또박또박 전하기도 했던 것 같다. 살아가면서 누구든 낯모를 이의 정성스런 편지를 받아본다면 그 읽는 순간만큼은 온전히 그 마음을 지켜보는 배려가 생긴다. 그런 기다림의 끝에서 답장이라도 온다면 병에 담긴 편지가 망망대해를 지나 어느 섬에 도착한 것이리라. 그 수많은 여정을 거쳐온 편지가 우편함에 두근두근 담겨 있는 것이다.

우리는 편지와 함께 아름다웠던 적이 너무 오래되었다. 편리한 미디어에 일상을 전송하며 쉽게 손전화를 하고 또 쉽게 이메일을 보내며 살았다. 그동안 우체통을 길모퉁이에 쓸쓸하게 방치시켜왔던 것이다. 우체통은 건널목이나 골목길 모퉁이에서 텅 빈 부랑자가 되었다. 어쩌다 누군가 우체통에 손을 밀어 넣는 순간, 우체통은 그만 제 쓸쓸함의 무게를 텅텅 눈물겹게 들려주었을 것이다. 그런 밤마다 제 안 편지를 보듬고 먼먼 여정을 가늠했을 우체통. 우리는 함부로 이곳을 지나쳐 왔다.

사랑하는 사람이 있어 그 여운을 오래 간직하고 싶다면 편지를 써볼 일이다. 보고 싶다는 막연한 감정을 활자로 인화해내는 그 작업이야말로 사랑에 대한 자기검열이기 때문이다. 한 글자씩 내려가면서 스스로 사랑에 대해 약속하고 또 다짐한다. 그렇게 몇 번이고 다듬어진 감정을 편지지에 옮기고 나면, 어느덧 우체통 앞에 서 있게 된다. 우체통은 편지를 들고 심호흡을 하는 이에게 마지막이라고 붉은색으로 묻는다. 이

때 물음은 사나흘 후에도 변치 않은 마음일 것이냐는 경고일 것이다. 우체통은 그렇게 따뜻한 활자들이 담겼을 때 가장 붉다. 이렇게 주고받는 편지는 물결무늬 소인을 따라 서로에게 천천히 흘러가는 것이다.

바나나 우유

내가 너를 사랑하는 방법은
마음의 바코드에 매일 싱싱한
숫자를 기입하는 일.
스트로를 꽂기 전에
그 날의 너를 떠올려 보는 일.

바나나 우유 뚜껑에 적혀
있는 유통기한을 본다. 내
가 마시는 것은 오늘일 뿐
인데, 이 우유는 왜 보름
후의 시간을 예비해 두는
걸까. 일생 유통될 삶과
사랑도 그러하다. 다가올
미래로 유통기한을 넓히
는 것. 그리하여 그 사랑
이 변질되지 않도록 싱싱
한 마음이 되는 것. 스트
로를 꽂다가 보름 후 너를
떠올리며.

카메라가 다녀온 여행

어느 담벼락 아래 꽃을 처음 본 햇살이 이렇다. 봄은 사방으로 번져가는 경이에 바람을 섞으며 다가온다. 영혼이 스민 대지에서는 지금 시간마저 비좁다. 익숙한 거리, 낯익은 지도에 갇혀 일상이 갑갑하다면 카메라에게 여행을 허락하는 것이 어떨지. 낱낱을 저장하는 메모리칩처럼 행로를 채워갈 기억이 찰칵, 셔터를 누를 때마다 고요한 흥분과 함께 채집될 것이다. 가끔은 이 적요가 거칠어 한쪽 눈을 감으면 불편한 현재는 프레임 속에서 아득하게 멀어진다. 더 이상 움직이지 않는 시간은 추억에 인화되어 먼 훗날 다른 한쪽 눈으로 보내질 것이다. 카메라는 혼자서 가야 할 길과 떠나지 못한 날들을 위해 지금 우리에게 마지막으로 파일을 전송하고 있는지도 모른다. 매 순간 깨어 있는 카메라를 위해 해줄 수 있는 일은 나를 가장 멀리 떠나서 있다. 낯선 미지의 시간이 내게서 안주하지 못할 때 생은 기록할 만한 우연을 저장한다. 아무도 생각지 않는 사물을 보거나 이정표가 사라진 곳에 머무른 적이 있는 사람은 운명에 있어 정밀한 화소를 가질 수 있다. 여행에 돌아와 찍어온 사진파일을 열어보며 이편에서 그 바람 냄새를 맡아본다. 기억이 촉수를 뻗어 가는 곳, 모든 오감이 방안에 맴돌며 휘돌아가듯 만져진다. 천천히 그리고 쓸쓸하게 걸어본 그 길에 여태 보지 못했던 것을 보게 되는 기분. 한 장의 사진 속에서 다시 시간을 거니는 여정이 시작되곤 하는 그것을, 나는 여행의 속성이라 부르고 싶다.

1초 24프레임의 인생

혼자 영화 보러 가기를 좋아한 적이 있다. 혼자 보는 영화의 매력은 나를 적당히 소외시켜 영화 속 현실로 쉽게 몰입할 수 있다는 것이다. 객석에 앉아 떠날 수 있는 여행, 빛의 입자가 어우러져 이뤄낸 풍경을 따라 나를 지우고, 그들의 이야기에 나를 투사하는 것. 그때의 영화 속 시간은 항상 내 인생 어딘가의 시간이다. 각종 수상으로 날개 달린 사자나, 종려 나뭇잎이 붙은 영화라면 두말할 나위 없이 좋다. 그 은유의 삶이 나를 얼마만큼 해석해내는지 궁금하기 때문이다. 2시간여, 삶에 관한 대리체험을 시켜주는 영화라는 장르, 때론 나의 추억보다 강렬하다. 1초에 24프레임의 필름이 스쳐 지나듯 영화는 스물네 번의 빛과 어둠이 교차하면서 움직인다. 시간이란 빛의 순환이고 효과이다. 시간을 쪼개고 또 쪼개 원자핵을 도는 전자의 진동주기까지 멈추도록 시간을 늦추어본다면 그때의 우리는 명멸하는 한낱 영상일 뿐이다. 그러므로 육체와 영혼의 간극을 끝없이 채워내는 시간이야말로 덧없는 먼지와 같다. 내가 화면 속이 아니라 '여기' 있다는 빛과 영상이 있는 한, 우리는 영혼의 피사체로 한 生을 유영하는 것이다.

종착역에 닿은 별

터널처럼 쓸쓸했던 밤이여.
흘러간 세월이여.
별빛이 소름처럼 돋아 있구나.
짐작은 하겠지만 그대
철도 건널목 차단기 너머의 기차는
당신의 몫이다, 하여 속도와 바람이
불빛으로 사정없이 흔들릴 때
마음은 끝끝내 종착역까지
이끌려 가는 것이다.
밤기차 떠나는 한때,
나는 내내 너로 향한 기별이
그리워지기 시작했다.

밤이 별을 매다는 까닭은 흘러간 세월이 소름처럼 돋기 때문이다. 차단기 내려진 건널목, 기차
가 떠난 곳에서 열병은 시작된다. 서서히 아득해지는 멀리, 저녁놀은 쓸쓸한 몸살로 돌아눕는
것이다.

고비사막의 바람

불 꺼진 밤 액정만 한 불빛이 얼굴을 비추고 그 실루엣만큼 나는 지워지고 있다. 검지가 뭉툭한 정처럼 액정을 두드리면 허공에서 조각되는 사내. 이어폰으로 감정을 주입하고 눈동자를 복사해 붙이면 새로운 내가 360도 회전하며 외형을 갖춘다. 이 게임에는 하나의 내가 끊임없이 스스로를 의심해야 한다는 것. 언젠가 오래전 내가 남긴 글이 늙고 초췌한 표정으로 나를 찾아온 적 있다. 알 것도 같은 추억을 되뇌며 지금은 잊힌 사람을 물어 왔다. 나는 이제 그를 마음에 눕히고 조용히 베개로 얼굴을 덮어야 한다. 버둥거리는 그를 꾹 누르면서 마지막 내가 해줄 수 있는 말이 무엇일까. 잊힐 권리란 추억 밖의 추악일까. 내 글은 끊임없이 미래의 나라는 존재의 힘에 의해 교정된다. 아니 살아남기 위해 발버둥 친다. 내가 살해한 글이 그러하듯, 나는 나를 의심하며 나 아닌 나를 위해 위태한 문장의 길을 간다. 한 편의 시가 이 밤에 나타난 까닭은 나의 살기(殺氣)가 내게 미치기 때문이다. 고비사막에 바람이 불면 오늘 밤 죽은 문장이 발굴된다.

만나기 위해

몇 해가 가고 또 몇 해를 보내고
바람이 그 흔적을 지우고
그리고 또 한 세계를 뒤로하고
바라볼 때

기억할 수 있을까.
지난 시절의 당신,
다시 만나기 위해
얼마나 많은 시간을 건너왔는지

이해할 수 있겠니?

강아지의 눈을 바라보고 있으면 무언가 자꾸 걸려온다. 혹시 전생 어디쯤에서 보았던 눈빛이었을까. 내가 잊지 말자고 죽어서도 기억하자고 했던 사람의 눈빛이었을까. 이 우주 안 행성의 수와 그리고 지구상의 모든 경우의 수를 더했을 때 운명이 완성되는 것처럼.

알프레도의 불면

자다가 빗소리에 깨어 다시 잠들기까지 몇 개의 인생이 번져와, 골몰해지곤 한다. 누대의 생이 이처럼 빗소리에 재생된다. 수많은 빗소리 듣는 장면이 백남준의 TV처럼 시신경 끝에 설치되고, 빗속에서 너무 많은 일이 있어서 나는 그곳에서 돌아오지 않는다. 이제 당신이 보고 있는 것은 브라운관 하나에 해당될 뿐. 키스씬이 쓸쓸하게 이어지는 시네마천국이 이곳에 와, 빗속의 날들을 엔딩으로 택한다면 나는 아직 상영되지 못하고 잘린 모음일 것이다. 알프레도 그 발음만으로도 아리다. 철거되고 폐허가 될 극장 안, 나의 내면에서.

가을 한 모금

나무가 가을에
벌겋게 취해 있는 줄 알았습니다.

당신도 가을 나무입니다.
손바닥을 활짝 펴면
손금으로 자라는 가지들,
생명선 줄기 따라
알알이 보이는 피톨이
낙엽입니다.

무엇이든 취해 돌아보면
가을입니다.

오래 그 자리

오래, 그래 오래 새벽이 되어본 마음이 금 간 시간을 빛으로 비출 순 있지 않을까. 하루 중 나에게만 기다려준 순간이 있듯, 문득 허공을 바라보았을 때 그 틈에 설핏 차오르는 것이 그 빛이라면 어떨까. 나를 생경하게 바라보는 시선이 지금 오래, 그래 오래 거기에 있는 거라고.

이봐, 코스모스 선생

꽃을 위해,
제 스스로 종아리부터
타들어 가는 코스모스.

만일 우리가 줄기를 사랑하였다 한들
꽃을 남겨두고 밑에서부터
시들어갈 수 있었을까.

한때 갓길에서 우르르 나를 쫓아
하양, 빨강, 주황의 음계를 만들어
바람의 화음으로
콧노래를 불러낸 적이 있었으니.

어떻게 그 가느다란 줄기로
바로 서는 법을 배웠는지
코스모스를 볼 때마다
나를 가르치고 있는 것만 같아,
자꾸만 뒤돌아보게 되는.

코스모스는 발끝부터 타들어 가기 시작해 저녁놀 빛으로 녹슬고 있다. 매번 키 큰 그들의 서글서글
글한 눈매는 차가 지나칠 때마다 흔들리고 있다. 숱한 바람에 쓰러지지 않는 것이 아니라, 쓰러질
때마다 다시 일어설 것. 코스모스는 그렇게 타이르고 있는 것이다.

필체

첫 문장을 시작하는 데 세 시간이 걸리는구나. 밤이 저녁놀을 삼키고 약효를 기다리듯, 나는 이 가을의 처방에 따라 생각을 훑으면 나무에 매달린 메모지 툭툭 떨어져 내리는 상상.

서늘한 새벽, 알약처럼 몸을 웅크린다. 누가 나를 복용하는지 아린 위통처럼 가로등 환하다. 이불로 몸을 봉하면 점선으로 이어지는 꿈들. 몇 알의 별이 손바닥에서 별자리를 이루는 상상.

가을은 필체의 계절이다. 나무마다 붉은, 노란, 갈색의 잉크에 뿌리를 적시고 공중으로 써내려가는. 그렇게 문장이 시들어가면서 읽힌다. 내 몸이 한 시절 생을 적시다 갈 당신에게 이 악필을 어쩌지 못한 채.

사랑은 하는 것이 아니라
견디는 것이다

일기예보처럼 예감이 두렵다.
오늘 비는 너의 창가에
한동안 서성일 것이다.
아직 돌아 나오지 못한 길목,
가로등이 환하게 아픔을 켜고 있다.
너는 파문처럼 번지고
나는 딱딱한 시멘트 바닥에
꿇어앉아 있는 것,
사랑은 그렇게 무릎걸음으로
너에게 가는 것이다.
기어이 아파보는 것이다.

사랑은 아픔의 일종이다. 한없이 아팠다가 아물어지는 것처럼 사랑도 그렇게 아련함으로 스쳐 간다. 그러나 사랑이기 위해서는 나와 당신이 하나의 고통에 내맡겨야 한다. 그러므로 사랑이란 일기예보처럼 예정된 것이 아니다. 사랑에 어떤 방식이나 의도가 담길 때 그것은 일종의 집착이다. 살아 있는 내내 풀어지지 않는 환한 멍, 사랑은 그렇게 아프게 지나간다.
。

타인의 DNA

여행은 타인이라는 지도를 만들고, 그 속에 이정표처럼 인연을 여기 저기 붙여 가는 것이다. 우리는 살아가면서 DNA에 남길 표식을 남겨 두어야 한다. 사랑, 희망, 혹은 절망과도 같은 종(種)의 형질. 그런 의미 에서 生은 일종의 코드와 같다. 나를 인식하는 수많은 눈이 훑어 지나가 는 과정을 견뎌야 한다. 아니 그것은 나를 진열해온 날들이라고 해야 할 것이다. 그러므로 삶은 기한이 찍혀 있는 불안한 유통 구조를 가지고 있 다는 걸, 당신과 무관하게 증명해야 한다. 여전히 이 서술은 어떤 힘에 의해 교정되고 있다. 미립자들이 확장되어 있는 그 극단과 극단이 일순, 교차하는 순간 나는 존재한다. 그러니 여행지에서 이 글은 일종의 확률 이다.

은퇴

갓길의 녹슨 자전거
모퉁이에 있다.
꺾인 핸들은 땅속을 향하고
길을 감아오던 바큇살에
붉은 녹들이 가득하다.

한때 챙챙챙 톱니를 끼운 힘으로
중심 잡아온 길
더 이상 길이 없다.
삶이란 죄다 버려지고 나서야
자유로운 것인지 길옆,
휴식으로 가득 찬 자전거
막막한 몸을 내려놓고
잡초들로 제 몸을 끌어 덮는다.

나는 어떤 여정에 접어든 것일까.

자전거가 새것이었을 시절, 누군가의 중심을 잡아주며 바람 위를 달렸을 것이다. 그러다 버려진 저 자전거, 녹이 슨 채 아무도 거들떠보지 않는 곳에 주저앉아 있다. 어느 날 우리가 저 자전거처럼 서로 잊혀지려고 있다는 것을 알았을 때 시간은 정처 없이 기억을 싣고 떠나간 후의 일이다.

말(言)

친척 소개로 내가 처음 할부로 자동차를 구입했을 때, 그는 전년도 H 자동차 판매 전국 3위라고 했다. 놀랍게도 그는 계약서를 설명하는 내 내 말을 더듬었다. 그렁그렁한 눈으로 끊어진 단어와 단어를 간신히 잇는다고 할까. 그때 나는 사람들이 왜 그를 믿고 차를 사게 되었는지 깨달았다. 그는 자신의 말에 진심을 끼우는 독특한 어법을 만들어낸 것이다.

언젠가 시골집에서 TV채널을 이리저리 돌려보다 어느 방송의 목사 설교 녹화에 멈췄다. 5초 쯤이었을까, 다른 채널로 넘어가지 못하고 리모컨을 아예 바닥에 내려 놓았다. 주님 얘기가 아니다. 확신이 말로 흘러넘치는 그 어떤 경이가 나를 옴짝달싹 못하게 했기 때문이다. 생이 길들여질 수 있겠는가, 말은 그 뜻에서 우리를 시험에 들게 한다.

내게 시를 쓰는 것은 말을 잘라 문장으로 기우는 것이다. 길게 자르면 자의식이 늘어지고 짧게 자르면 기울 의미가 없다. 시 한 편으로 영화가 된다면 영화는 1초에 24컷의 발음이다. 운명이 한 사람의 성량으로 계측될 때 영화는 객석 누군가의 생에 시로 남는다. 이 나라에 5천 만의 카메라가 각기 돌아가고 우리의 영화는 평화를 기우고 끝내 한 점 지구로 환등기 속에서 먼지처럼 떠돌까.

풀밭식사

이 식탁에 앉아 있으면
누구나 다 상쾌하다.
풀들은 지금,
바람이 주문한 대로
봄을 나르느라 부산하다.
기다려줄 수 있겠니
풀밭에 앉아 오랫동안
눈을 감고 있으면
따뜻한 햇살들
그늘에 가득 담긴다.
코를 흠흠 거리는 나에게
풀들은 양손 가득
은쟁반을 내미는 것이다.
그리움처럼
허기가 밀려온다.

풀잎은 지금 호기심 많은 요리사이다. 은쟁반처럼 번쩍거리는 풀의 잎새들, 무언가를 연신 나르고 있다. 휴일 오후 이 풀밭에 나가 점심이라도 먹고 싶다는 생각, 각박하게 살아가는 요즘 문득문득 그립다던가 보고 싶다던가 하는 허기처럼.

다정한 나무

봄을 맞이한다는 건 자신의 겨울에서 천천히 횡단해 오는 내면에 탑승하는 것이다. 어떤 결의처럼 꽃이 기침을 하고 햇볕의 인플루엔자가 대유행인 요즘, 창백하도록 쾌청한 날씨에 나를 기대어본다. 나무가 가장 늦게 꽃으로 옮긴 그늘에서 향기가 난다. 대기권 밖으로 올라서는 로켓의 지상의 무늬 같은 압력이 꽃의 궤도이다. 그 생각이 다시 밀려올 때 꽃은 착지를 알지 못하도록 바람을 섞는다. 바람의 뒷면에는 언제나 시간의 분진이 있다. 누군가 그 아래에 있다면 그건 나의 어깨를 누르는 쓸쓸한 중력. 쿨럭, 쿨럭, 봄이 가방을 챙겨 안과 밖을 지우며 여전히 그 간이역에 서 있다. 봄은 빙글빙글 꽃의 봉오리에서 원심력을 갖는다. 무언가를 위해 떠돈다는 것은 무채색의 기억에 색색의 물감과도 같은 연민을 떨구는 것이다. 죽음조차 가늘고 가는 빛의 줄기를 따라 잎맥으로 옮아가는, 시간의 응시. 그러니 지금은 삼십 촉 기다림이 봄의 형식이다. 꽃이 피기 위해 짚어보는 미열은, 각오하고 고백한 첫인상 같은 것. 그 마음이 내내 멀미처럼 아른거리는 봄. 누구든 문득 그런 설레임의 자세로 봄을 지나곤 한다. 생각하면 나무에는 만지지 못하는 다정이 있다.

to be or not

휘어지느냐
부러지느냐
삶은 그런 것이다.
상처를 나이테에 새겨가면서
운명을 다른 어깨로 떠받치면서
다른 나무들과 연대하면서
무작정 한 평생
나무로 흔들리는 것,
격렬할수록 더욱 뿌리로 움켜주는
끈질긴 격정,
휘어지느냐
부러지느냐
삶은 그런 것이다.

태풍은 누구에게나 시련과도 같은
것이다. 그러나 한바탕 폭풍 속으
로 몸을 내맡겼을 때 더욱 단단한
뿌리를 가지게 된다. 사람 사는 이
치도 다르지 않다. 휘어지는 것과
부러지는 것, 그 간극 사이에서 우
리는 더욱 짙푸른 세상을 꿈꾼다.

꿈의 오마주

오래전 나는 이 배역을 끝까지 마치지 못했으리라. 손가락이 모두 사라진 밤을 톡톡 부딪치는 별에게 자판을 내주고 쓸쓸히 로그아웃되는 꿈. 그 패스워드를 외고 또 외다 아, 나는 이대로 당신에게 가닿을 수 없는 뉴스피드구나 싶은, 이 밤을 진하게 내려 독주에 담는다. 잠시 촛불이 되는 식도를 켜둔다. 사람아, 나는 단지 오래전의 링크로 여기에 왔을 뿐이다. 몇백 년 후 망막에 팝업창이 뜨고 이 글이 읽힌다면. 지금 나의 감정, 습도, 체온, 향기, 사물이 다운로드 되는 상상. 그러면 갓 태어난 아가에게 이 저녁을 선물해도 될까. 내 이어폰과 자주색 베개와 지는 꽃잎을 뒤지는 창밖 가로등 불빛을 첨부파일로. 너무 멀리 와 버린 척후병처럼 나는 이 밤이 낯설다, 고독하다, 두렵다 아니 황홀하다. 꼭 체포되기 직전의 담배 맛을 기억하는 사형수처럼. 처음 보는 당신이 내게 건네는 눈빛, 체크리스트 오류에 묻어 두는 날들. 태양계를 벗어나는 보이저 2호가 아무도 없는 기내에서 황금음반을 튼다. 그 음악이 지금 나의 공허. 지금 나의 신체, 지금 나의 내홍. 그러니 이 배역을 어디다 쓴단 말인가.

수 킬로바이트의 기록

　옛날 비디오 플레이어를 뜬금없이 뜯어보다 이 도시를 닮은 기판을 유심히 들여다보았다. 정밀하게 칩으로 사라져버린 유적에 내 의식이 입혀져 불현듯 어느 순간의 기제가 되어갈 데이터들, 내가 죽어도 인터넷은 살아남아 기록을 차용하여 또 하나의 인생을 조립해놓을 것이다. 얼마 전 참치 횟집에서 참치 눈동자를 채 썰어 술 주전자에 담아 따라주는 잔을 받은 적 있다. 아득한 심해를 가로질렀던 그 참치의 눈망울이 내 안에 들어와 무엇이 될까, 생각하다 보니 내가 인터넷에 남긴 흔적 또한 언젠가 킬로바이트에 담겨 놓이겠구나 싶어진다. '한 사람의 꿈은 모든 사람이 가지고 있는 기억의 한 부분이다.' 라고 했던가. 지금 이 적막이 너무 이른 우연은 아닐지.

일주일

일주일이 지나자 내가 돌아오지 않는다.
나는 그날에 가서 무수히 나와 작별했으므로
여기에 이대로 존재한 적이 없다.

일주일 전 내가 사랑했던 구름이
내일의 예보에 서성인다. 그러나 시간을 흘리고
그러다 엎은 길 위에 주저앉아
추억이 젖는 불우(不虞).

비는 불빛에 비추어질 때 야윈다.

나는 요일을 따라 걸었을 뿐인데
나를 건너간 생각은 누군가의 시간 속에서
영영 타인으로 살아간다.

어느 날 내가 일주일 만에 돌아와
낯선 나를 쓰다듬는 상상,
몸을 잃어버린 사람이 떠도는 저녁
피처럼 붉은 일주일이 저물고.

아직도 나를 안고 길을 헤매는 나.

가장 내게서 먼 나

그 사이 나에게 많은 비유가 지났고 나는 단 한 줄의 글도 쓰지 못했다. 나는 가끔 나를 겉돈다는 걸 안다. 어쩌면 나는 가장 내게서 먼 나를 만나러 타인을 산책하고 있는지도 모른다. 나는 내가 무슨 일을 할 때마다 나라고 인정해야 하는 절박함 앞에 서성인다. '나'라는 실체에 너무 많은 세월을 걸었으므로, 이 도박은 진심만이 패를 쥐고 있는 형국. 순간순간 내가 새로이 내어지는 일상. 낮에 그토록 집착했던 몸이 꿈속에서는 한없이 사소해진다. 이곳에서 저곳으로 정처 없이 떠도는 것은 분노나 욕심이 서린 일들뿐. 마음은 가볍게 떠 있으나 그 마음을 띄우기 위해 눈물겹게 버티는 그 어떤 비중이 있다는 사실. 은유가 직유를 살해하고 자살하는 것이 시라면, 나는 내 안에 일어나는 모든 일의 유서. 그리고 꿈을 잠그고 아직도 돌아오지 않는 생의 내력. 이제... 그 첫 줄이 내 목을 감아 그들을 구한다, 라고 하자.

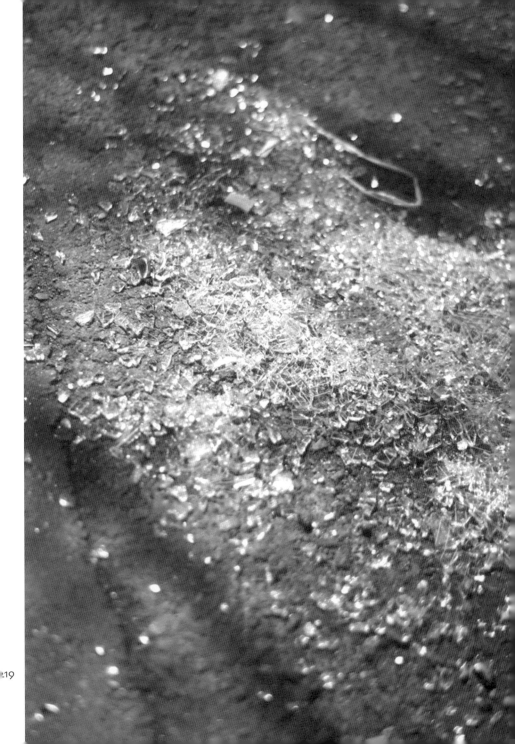

화성으로부터의 새벽 통신

새벽에 깬 잠이 몸을 뒤척이게 한다. 빗소리 아득히 들려 나는 강물의 물고기처럼 한쪽으로 휘다 다른 한쪽으로 돌아눕는다. 어쩌면 내 정신이 묻은 어류가 세상 어딘가 있을지도 모른다. 컴퓨터의 버그처럼. 겹친 계약서 뒷면 푸른 글씨처럼. 동시에 깨어난 이 새벽 사람처럼. 그 어떤 기시감은 어딘가에서 전해져온 메시지이므로. 'facebook 사용자'로 사라진 사람. 이 세상에서 탈퇴하게 되면 나는 어떤 메시지로 읽힐까. 그가 내게 남긴 글이며 생각이 텍스트로 온전한데 그가 고요히 사라졌다. 여전히 어딘가에서 존재하지만 이제 쓸쓸한 타인이다. 까만 눈동자의 신생아를 볼 적마다 나는 눈먼 사람이 된다. 지구의 시차를 견디기 위해 황금 똥을 누거나 종일 잠으로 몸을 회복하는 신생아들. 그들은 모두가 비슷하지만 다른 미션을 쥐고 악착같이 살아남는다. 우리 또한 그랬으므로. 내가 진정 나라고 느낄 때 몸이 폭파되는 어느 영화의 결말처럼 나는 내 눈이 불안하다. 'facebook 사용자'로 동기화되기까지 나는 얼마나 타인이 되어야 하나. 기억이 주입되는 알약을 삼키고 캡슐에 들어가 한 시간을 자고 나니 빙하기가 끝났다. 과거로 갈 수 없다면 미래를 과거로 차용해야 가능하다. 그러니 나는 이미 미래가 꿈꾸고 있는 어느 날이다. 쓸데없는 신념을 '큐리오시티'에게 수신하는 자, 나는 그 메시지가 가끔 두절되길 바란다. 여기는, 이 새벽은, 당신을 생각하는 불통지역이다.

당분간

비바람이 숲을 지고 와 열린 창에 부려놓는다.
서걱거리는 오솔길이 서재를 지나
거실 밖으로 이어진다. 눈을 감고 있으면
커튼이 말아쥐고 있는 건 이 집의
스산한 외출, 나는 집이 뚜벅뚜벅 걸어가
추억에 세들어 살면서 당분간 꿈을
지어먹는다는 걸 안다. 잠 속의 집은
언제나 쓸쓸하게 뜨겁던 아랫목 자취방,
캄캄한 십 년 전 집이 매번 찾아오는
이유는 무엇이었을까. 나이테를 그리듯
여전히 공전 중인 날들이 나를 가운데 두고
가지를 뻗는다. 나무는 숲에 이르러 사람을,
숲은 사람에 이르러 나무를 잊는다.
자물쇠가 잠그고 있는 게 끝내 나라는 걸

집이 나를 떠나간 후 알았다. 결국
편지는 나를 따라온 것이 아니라 집을
따라갔을 뿐이다. 나는 이제 나무가 되어
누군가의 숲에서 당신에게로 접어든다.
그 길에 책들이 꽂히고 소파가 들어와 앉아
우두커니 있는 사내가 나라는 걸 알기까지.

지금의 사람을 기억한다는 건

문장이 사라진 밤이 절룩이며 감정을 지난다. 길고 긴 사연은 적기는 쉬우나 옮기기는 쉽지 않다. 복사와 완료, 동기화에서 엇갈리는 글의 운명이라니. 얼마나 두드렸는지 분주한 손가락 끝에서 윙윙 날파리 소리가 난다. 어쩌면 수많은 글이 이렇게 하루살이처럼 나를 지나가는 게 아닐까. 오늘 채집한 글이 날개를 접고 조용히 내 손가락 끝에 앉을 때 나는 신중히 버튼을 눌렀어야 한다. 그러나 이제 날아가 버린 공중의 말들, 허공에 집을 짓고 사는 아파트 불빛이 원고지로 칸칸 환해지는 새벽, 때론 그 흔적이 상처에 바르는 마데카솔 같을 때가 있다. 나의 글이 타인을 덧나게 했을 날들이 많아서 오늘 새벽은 불면조차 철창이구나. 어둡고 탁한 내일은 수많은 말의 알이 슬겠지. 누군가의 분노는 지금 대기권을 휘감으며 악천후가 되고, 누군가의 위로는 지금 어느 지붕을 감싸는 체온이지 않을까. 지금 사람을 기억한다는 건 그 사람의 모든 새벽을 지새워보는 것이다. 그러므로 나는 당신에게 있어 가로등 아래 떠 있는 주황의 밀도이다. 돌아보면 생은 이리 부산하다. 운명이 해(害)가 되는 날 나는 그저 이렇게 어두울 뿐이다.

생텍쥐페리의 여우

추억을 유지하기 위해 이메일 용량을 늘리고, 시간을 사기 위해 극장엘 간다. 훗날 구름과 비를 사려고 GPS를 확인하는 사람이 있을 것이고, 극도로 기억이 거세된 몸에서 알맞은 얼굴을 드러내 쓰고 휴가를 갈 것이다. 욕망이 무한한 가상을 현실에 겹쳐 놓으며 비대해진 자아를 우주라 칭하는 날, 우리의 하느님은 먼먼 과거 어딘가에서 족발에 막걸리 한 잔 걸치고 비척거리며 휴대폰을 만지작거렸을 것이다. 벌집 같은 거대한 아파트, 굉음으로 높은 하늘에서만 사는 항공기, 지네처럼 땅을 훑고 달리는 기차. 달리 표현할 것 없는 이 문명은 필경 정품이라 보기 어렵다. 초파리에서 조악하게 카피한 인간은, 쓸데없이 회로는 많으나 정작 전원이 연결된 건 얼마 되지 않는다. 이 느낌은 비싼 컴퓨터를 쓰면서 AS만 믿는 거랄까. 컴퓨터 기판을 들여다보다 씹어 먹어보는 크로마뇽인이 지금의 나인 것 같은 생각. 생텍쥐페리의 여우처럼 설레는 몇 시간 후의 장맛비 예보가 그렇게 솔깃하다. 빗소리를 들으며 언젠가 여길 아니, 어느 버스 정류장에 서 있어야겠다. 그러니 이 기억을 어디다 보관해야 할지, 터미네이터가 된 페이스북이 나를 제거하기 위해 도니다코의 747 제트기 엔진을 이 아파트에 떨어뜨릴지도. 감정에 과부하가 걸릴 때는 신경선의 끝을 빗물에 대어보아야 한다. 그리고 그때의 감전을 당신이라고 해야 할 것이다. 시커먼 먹구름에 연기(緣起)가 인다.

피곤

잠이 서늘한 몸을 흔들다가
깨어나지 않는 저편 어둠으로
문을 닫는다. 신경 속을 떠도는
생각, 어느 먼 여행이 혈액처럼
붉어지던가. 여름은 심장에서
쏟아지는 햇살의 박동. 그 힘이
밀고 가는 몸의 계절, 나는
여전히 가방 속에 숨길 게 많다.
쓸쓸한 것은 무겁고
아름다운 것은 포장이 두껍다.
사람을 개워 둔다는 건 더더욱
마음이 부족한 일, 꽉 잠긴 나를
끌고 몸이 새벽을 지난다.
이리저리 뒤척이며 물건 섞이듯
내 안의 감정이 덜컹거린다.
당신에게로 피가 곤하다.

사람 아닌 사람

詩는 단어와 단어 사이의 간극에 절박함을 데려와 문장으로 일생을 살게 한다. 그러나 종종 활자들이 와르르 무너져 폐허가 되는 내면도 있다. 나는 늘 그 부실이 두렵다. 사람과 사람 사이의 간극은 어떤가. 진실함과 절박함이 오래 마주하다 진실이 떠나고 나면, 절박은 저 혼자 사람과 사람 사이 귀신이 된다. 스스로 정체성을 잃은 채, 이기와도 욕망과도 내통하며 사람을 홀린다. 진실이 있지 않은 절박은 더 이상 사람이 될 수 없다. 詩가 될 수 없다. 그러니 나의 이 절박은 무엇인가.

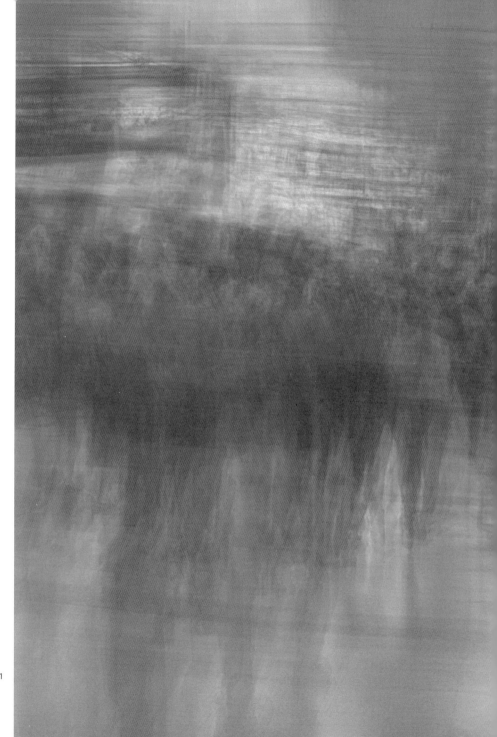

정류장에 내린 구름

구름이 스테레오로 흐르는 오후, 정류장에서 장마는 언제나 저음으로 녹음한 풍경을 상영한다. 길 위의 붉은 미등이 번들거리듯 이어지는 일요일은 더더욱 적요롭다. 휴일이 나를 두고 작별할 때, 나는 일상이 아직도 같은 자리에서 나를 기다린다는 게 측은하다. 어느 카페에서 몇 시간을 기다려도 오지 않는 사람. 내가 매여 있는 것이 일상일까, 일상이 나에게 매여 있는 걸까. 기다리다 갔겠지 싶은 사람을 보는 기분, 기다리고 기다려 만난 사람을 바라보는 심정. 나는 어쩌면 외면과 갈급을 오가며 마음에 수많은 정류장을 세웠는지도. 구름이 정류하는 곳이 장마일지도 모르겠다. 비가 내리는 날로 가기 위해 잠시 정차 중인 이 구름을 언제 또다시 만나게 될지 싶은.

무심(無心)

한 사람을 지우고 나니 이제 내가 흐릿해진다.
누군가 이 밤 나를 완벽히 잊는 것이다.

사슬에 묶인 채 가라앉는 실종자처럼
한 점 공기방울이 내게서 떠나지 않는다.
그 부력으로 불현듯 떠오르는지도 모른다.
강바닥 아래 뼈들의 전언.

어느 날 내가 도무지 무엇을 원하는지 모를 때
혹시 내가 잘못 든 몸은 아니었는지
몇 세기 후의 추억이 잠시 깃든 것은 아닌지
꿈속을 살피기도 한다.

마리오네트처럼 당기는 수면 위 떠가는 사람
어떤 실이 엉켜 저리 끊어졌을까.
그리고 나는 왜 실수를 자꾸 동작하게 될까.

당겨진 순간마다 스토리가 이어진다.
사라지고 있는 내가 무언가로 나타나고 있는 저편
나는 철저하게 타인이 된다.

새벽 다운로드

새벽에는 공기가 다르다. 나무에서 막 소출을 끝낸 것들이라고 해야 할까. 밤과 낮의 경계에서 이산화탄소와 산소의 밸브가 천천히 돌려지는 느낌. 태양은 회색 선글라스 끼고 전문가처럼 나무의 주위를 회전하며 골고루 그늘을 분사한다. 나에게 새벽은 시스템 곳곳 불이 들어오는 때이다. 약간의 허기와 혈의 뭉침과 생활의 걸림. 무덤덤하게 쿵쾅이며 작동하는 심장엔 새벽이 윤활유겠지. 그러나 심장이 심장을 깨닫는 순간, 호흡도 일이라는 것. 고단한 내장기관들은 또 어떤가, 부품의 교환 없이 일생을 완주하는 끈덕진 것들. 자아를 장악하고 나를 들여다보는 아침, 입을 벌려 치아를 살피고 눈동자 실핏줄을 확인하고 혓바닥을 본다. 내가 맞구나, 바뀌지는 않았어라고 중얼거리듯 칫솔이 움직이고. 그러나 혹 어느 생과 뒤바뀐 줄도 모르고 오늘을 사는 건 아닐까. 여기 말고 다른 차원 수많은 아침이 실시간으로 나를 네트워킹해가는 상상.

별빛 시청률

밤 열 시 방송 드라마가 있어서 불 꺼진 아파트에는
종종 같은 색으로 반짝이는 창문이 있다.
그러니 별빛에게도 시청률이라는 게 있겠다.
동 시간대 눈빛을 모아 방영 중인 새벽이랄까.

 휴지로 틀어막은 코피 같은 별이야.
눈을 뗄지 말지 조심스러운 몇 초간
누군가는 울고 또 누군가는 잠을 꺾다 멈추고.

배역이 하나씩 정해질 때마다 단역으로 밀리는 인연.
드라마를 보면 같이 착해질까, 가령
같은 날 죽은 타인들의 편성표.
드라마를 보지 않는 사람은 언젠가
드라마가 자신을 시청한다는 걸 알겠지.

브라운관에 살갗을 대면 잔털이 웅성거린다.
나는 어쩌다 전자기적으로 뼈에 피와 살을 입혔나.
냉각팬처럼 쉴 새 없이 돌아가는 심장.
마일리지로 누적되는 당신이라는 같은 이름.

내가 코를 골 때 가르랑대며 꽃 피는 구절초.
나는 이렇게 총천연색으로 살아가다 어느 날,
엔딩 음악과 함께 빠르게 쏟아지는 글자로 사라지리라.

내 안의 습기

비가 계속 내리고 있는 창밖
마음을 내어 놓고 흠뻑 맞힌다.
턱에 괸 생각이 어느 거리까지 걸어갔다가
터벅터벅 되돌아오기도 한 날,
비는 가만히 가로등에 기대고
아주 천천히 내 안으로 습기를 보낸다.

양철지붕으로 떨어지는 빗소리가
한때 청춘의 효과음이었던 시절,
처마 밑처럼 넘치던 사랑도 추억도
오늘은 물 잔 속 기포 같다.
빗속을 뛰어가 편의점에서 우산을 사고 안경을 닦다가,
살면서 나는 무엇이 행복한가.
삶이 너무 견고하여서 고독한 그 무엇.

처음으로 혼자서 식당에서 밥 먹었을 때
기분이랄까, 아니 처음으로 혼자서 여행할 때
버스 안 냄새랄까. 빗소리 듣고 있으면
운명도 어딘가에서는 저리 황황히 들리는 것인지.

나는 자꾸 저처럼 살다간 누군가의 기후는 아닌지.
아마 나는 여전히 비를 설레며 살 것 같다.
비 내음에서 갠지스 강 타다만 몸이 생각나는 오후.

장마

비를 오래 들으면 生이 마른다.
비가 더듬는 풍경에서 모서리란 모두
둥근 소리를 떨구는 자리이다.

일정한 듯 일정하지 않은 저 두드림은
한때 거적에 덮여 죽어가는 심장 박동.

비는 그치고 조용히 구름이
수건처럼 들녘을 훔친다. 닦고 또 닦은
지구라는 푸른 이슬이 죽은 자의
일생에 맺힌다. 비는 잊힌 무엇이
안간힘으로 본을 뜨는 작업이 아닐까.

거리가, 벽들이, 머리칼이, 살갗이

저편 어딘가에서 나타나고 있을 것이다.

다운로드 되듯 장마에는 추억이 오래
본을 떠간다. 사랑은 이때 덧나며
이별은 이때 비릿하다. 나는 이제
빗속으로 걸어가 나를 보내주어야 한다.

문득 빗소리에 깬 누군가가 기이한
생각의 자신을 알아채지 못한다.
그때는 이 비가 쓸쓸히 다시 내리기
때문이다. 마른 生이 젖어가는 소리.

전이(轉移)

베란다 건조대 일주일째 걸려 있는 셔츠

인사동 어느 술집 하트를 그려 넣은 낙서

모두 돌아간 영화관 객석 틈의 열쇠고리

끝내 작별한 사람 글이 들어있는 메일함

아무도 찾을 수 없는 재개발 지역의 벤치

포구 민박집 침대 아래 끝 머리카락 한 올

운명의 변호

밤마다 터번을 두른 사내가 되어 지상 끝의 사막을 걷는 꿈을 꾸곤 한다. 내가 살아남게 된 유일한 이유는 낙타표 성냥을 쥐고 있다는 점. 그녀의 얼굴에 몇 개의 점이 있는지 유심히 들여다본다. 그것은 나에게 있어 별자리와 같다. 운명을 믿지 않겠다고 몇 번이고 다짐했건만 나는 왜 그녀의 손금을 봐주고 싶은 것일까. 그 손금을 더듬으며 읽히지 않는 점자처럼, 막막한 세월을 짚어보는 것. 그녀와 나 사이의 기호들.

창문

나뭇가지가 검은 선을 뻗어 갈 때
저물어가는 방에서 꽃잎 태우는
불빛 가득합니다.
틈에 번진 습기를 더듬으며
창문으로 걸어 들어간 사내가 웁니다.

유리창에 손을 대고 있는데
손끝 주위가 열로 뿌해집니다.
나 때문에 반응하는 저 창문이
입김을 지우며 또 한 사람을 잊는군요.

사람을 사람에게 서리게 하여
사람을 꿈꾸게 하는 일

생활은 종종 삶을 타이르다 남이 됩니다.
아직도 나는 열열한 봄이어서
창문을 모두 열어 놓으니
소란스런 내가 고스란히 들립니다.

은하를 떠나며

멀리 어둠 저편, 가로등이 소혹성으로 떠 있다. 저 불빛이 이 저녁 적당한 허기와 기다림을 통과하고 나면, 나는 아마도 이 은하를 떠나 집으로 가고 있을 것이다. 온풍기 바람이 화분의 잎새를 흔들다가 방금 피어난 사각 티슈에 머문다. 현재를 밀고 가는 시간은 굉음처럼 요란하지만 과거 어딘가로 향하는 기억은 고요하고 빠르다. 함부로 터진 비스킷 상자, 초콜릿색이 뜯어져 나간 종이의 속살도 누군가의 그리움일 때, 그때가 기억의 궤도에 편입되는 순간이다.

벽의 침묵

여전히 부재는 단단한 무게의 침묵이다. 마음에도 얼룩이 지고 균열이 생기면 그 틈으로 역마살 같은 이끼가 오른다. 흐린 날일수록 현기증 나는 구름이 머물다 간다. 점점 회색빛 색조로 닮아가는 담벼락이 필름처럼 언덕까지 이어진다. 하나의 시간으로 연대해 빛을 받아 빛나기도 하고 그 빛을 거둬들이는 집의 추억. 시멘트 내부의 앙상한 골격으로 서로 기대어 올 때 그게 빈집이라도 버텨주고 싶은 담들의 결림. 콘크리트를 콘트라베이스라 고쳐 발음하다 보면 그 저음에 닿는 바람이 빨랫줄을 느리게 그어보는 활이다. 깊이 모를 심연처럼 창백하고 적막한 그곳은 차고 기억이 시리다. 들뜬 시멘트는 늘 그 색깔에서 집착을 놓아준다. 더 이상 붙잡을 수 없을 때 집들은 기억을 습기로 어루만지며 서로의 벽이 된다. 서로 다른 벽이 만나서 같은 색으로 퇴색해가는 골목. 이 길에서는 함부로 담긴 흙도 싹을 틔운다. 그리고 살아간다. 아무도 없는 적막이 그 계단의 양분이다. 아무 말 하지 않아도 이별을 받아들일 것 같은 벽 앞에서, 얼룩보다 얼룩을 벗고 있는 벽의 체온으로 눈을 감는다. 그리고 한때 벽이었던 수많은 망설임을 기억한다.

바닷가 불빛

새벽, 밀물로 다가오는 문장이 있다.

돌아갈 곳 없는 어둠이 갯벌을 서성일 때
별의 파고(波高)가 바위 속으로
아득히 불빛들을 새긴다.

바닷가 아무도 회상하지 않는 방에서
포말로 이어지는 흰 글귀를 본다.
바람이 흔들리는 깃대를 쥔 채
청색의 사위에 휘갈긴다 가거라,
그토록 붙잡아 두었던 꽃잎이 점점이
빈 트럭에 실린다.

나무에서 멀어지는 달의 궤도 너머

덜컹이는 물이랑들,

격하게 다가왔던 사랑도 지금은 수면 아래
휘감기는 물살 같아 먹먹하다.

마치 오래 이곳에 정박한 배처럼 나는
흔들리며 새벽으로 떠 있던 것인데
발뒤꿈치처럼 둥근 연민이 스치고 스친다.

붉은 등대가 물고 있는 불빛이
발갛게 꽃들을 지진다, 아리게 날이 밝고
구겨진 글자에서 파도소리가 난다.

애인나무

밤의 숙박계

가방을 비우자 여행이 투명해졌다.
기약하지 않지만 이별에는 소읍이 있다.

퇴색하고 칠이 벗겨진 간판은 한때
누군가의 빛나는 계절이었으므로 내일은
오늘밖에 없다, 친구여 너를 기억하지 못하는
이유는 내가 아직도 여인숙에서 기침을
쏟고 싸늘히 죽어가는 꿈을 꾸기 때문이네.

수첩이 필체를 혹독히 가둘 때
말의 오지에서 조용히 순교하는 글자들,
나는 망루에 올라 심장의 박동으로 타오르는
소각장을 본다네.

신발을 돌려놓으면 퇴실이요
이곳 숫자는 주홍 글씨라네.

이불을 쥐는 손으로 만지는
전구가 아무도 알지 못하는 호실을 밝힌다.

아름답다, 라고 슬프게 발음해보는 날들이
좀체 돌아오지 않아도, 빈집은 제 스스로
별을 투숙시키고 싶다.

적막은 밤의 숙박계,
치열이 고른 지퍼에 밤 기차가 지나면
어느 역에서 가방이 나를 두고 내린다.

生의 지름

저녁이 쓸쓸해지는 건 익숙한 오늘이 희미해지기 때문이다. 저녁놀은 집들보다 낮게 엎드린 수평선을 가늠하기 위해 서녘을 어루만진다. 이 때는 먼 곳에서 막막함을 이끌고 온 물결에도 추억이 일기 시작한다. 어디든 떠나와 있다는 생각은 햇볕이 스미는 명왕성처럼 고즈넉하다. 나와 낯섦은 이처럼 테를 그리며 떠도는 生의 지름을 연상케 한다. 마치 천체의 인력처럼 계절의 궤도를 같이하면서 봄을 일주하는 것 같이. 카페에서 뜨거운 유자차를 손에 감고 있으면 멀리 바다 위 해를 품은 것 같다. 그 온기는 오늘 처음 절벽을 가만히 쓸어내리는 일출과도 같고, 꽃을 갈아입은 어느 식물의 고요한 탄성만 같다.

식물인간

나의 반생은 아직 잠들어 있는 방입니다.
깨울 수 없어 희미하게 열리는 문틈입니다.
눈자위가 꿈틀거리며 생을 자전시킵니다.
어둠을 다 훑어 숭숭 뚫린 별 속으로
흡연처럼 빨아올리는 격정도 지나갑니다.
수많은 장면이 지나는 동안에도 우리는
타인에서 타인으로 배역을 옮겨가는 걸까요.
의자 위 웅크린 등을 뒤에서 안아주던
촉수 낮은 사랑이 손끝을 움직이게 합니다.
나는 아직도 점괘란 전화번호를
새 핸드폰에 다운로드 하는 거라 적습니다.
몸은 지방에 있고 생각은 혈액에 담깁니다.
내가 잠들어 있지만 당신은 새벽에 깹니다.
여행에서 가장 행복한 일은 지도가 없는
막차일 때, 당신이 놓친 인연을 지금
만나러 갑니다 잠은 일지에 적혀 있고
당신 몸 어딘가 점에도 찍혀 있습니다.
아직 깨어나지 못합니다 가습기, 링거,
심전도 그래프가 전부인 내게
식물은 아름다운 나의 잉여입니다.

얼음을 깨무는 밤

밤이 열이 많으면 토도 잠시 빙점에 나타난다. 사람이 사람을 만나 오랜 날이 지나면 주여에도 열 때아가 있다. 이남은 간직던 생각 속으로 과거의 밀도가 자울라, 형제가 만들어진다. 차가운 얼음 을 깨무는 밤은 그래서 아리다. 잠 못 드는 이 밤의 어느 날 부피의 칠판이듯.

나는 아직도 밤이 일생을 다운로드 하는 버퍼링(buffering)이라 생각한다. 밤새 집대에서 전송과 충전을 마친 사람은 생생하게 낮을 저장한다. 그러나 한 번도 졸더에 듣지 않는 인연이 어느 날 나를 다운시키기도 한다. 빡 나듯 현실이 동기가 되는 날, 전원을 켜든다. 그때는 인생이 한여름밤이다.

나는 지금 이 밤의 온도를 얼음 속에서 적고 있을 뿐이다.

붉은 폭설

저녁놀을 오랫동안 바라본 적 있다.
아무것도 아닌 나를
먹먹한 옹이에 묻고 돌아오는 길이란
아직도 가보지 못한 쓸쓸한 여행이었다.

일상은 여전히 골목을 지나는 거리였다.
지상에서 살아남는 방법은
그들의 이정이 되는 것이다.
표류는 일종의 거래이면서 목책

저녁은 천천히 걸어와 음악이 되었다.
오선지 같은 전깃줄에 검은 음표가 걸리고
차들 지나칠 때마다 바람이 현을 그었다.
붉은 미등의 눈으로 어룽거렸던 날들

지난날 먼 길들이 내게로 접어들곤 한다.
그때마다 나는 갈림길에서 망설인다.
한때 전부였던 길이 수년 후 다시 찾아온 느낌
유통기한 지난 설렘 후의 황막함처럼
겨울이 낯설고 있었다.

이어폰 꽂은 별들이 볼륨을 줄이면
다시 이곳이 폭설이었다.

선착장

구름이 삭아간다.
백사장을 다 반응한 푸른 녹이
오후의 기압골에 껴오는 것이다.
조각 바스러지는 글자를
삐걱삐걱 흔들며
편지를 쓰는 배가 있다.
해질녘 우체통을 띄우는 바다

섬에서 일생을 번식해온 바람이
사람을 깁는다. 한 올에 취하고
한 올에 섞이는 살들,
선창가 창문까지 전해지는 체온이
수평선에 별을 매달아 엮는다.
산 사람이 살아가는 법이란

죽은 자의 줄을 놓지 않는 것이다.

얼기설기 덧댄 내가 여기에 있다.
단 한 번도 떠난 적이 없으나
매일 조금씩 조난되는 숨,
모든 여행이 이곳에 와 늙는다.
편지봉투에서
녹슨 못들이 쏟아진다.
물거품이 인다.

적목(赤目)

이별이 목발을 하고 우리를 지난다. 을씨년스런 예감이 새벽의 안감에 박혀 스르르 말줄임표가 되어가는 별, 환자복에서는 파란 눈이 송이송이 날리고 소독약 냄새 같은 추억도 자정을 넘긴다. 이별부터 시작되는 날이 맨 처음 첫인상에 이르면 운명도 단지 멀미일 뿐, 누구를 만난다는 건 이제 각오하고 우연과 헤어지는 것이다. 불면에 구면(舊面)을 겹쳐본다는 걸 알면서도 아무도 모르는 사람을 알기 위해 밤기차를 타고, 비밀이 때로 비밀을 만나 돌아오지 않는 상상, 한쪽 어깨의 당분간 타인.

누군가를 믿는다는 건 나 자신을 데리고 그에게 유배를 가는 것이다. 그리고, 얼마 후 폐병을 앓다 죽은 날이 그가 나를 순장하듯 깨닫는 순간이다. 추억이 한 문장씩 지워지면 검은 페이지의 내일이 바람을 훑으며 넘어온다. 현재는 빛으로 꽉 찬 문틈 같다 기억이 오래되면 그날 구체적인 상황이 유화처럼 뭉개져 알 수 없는 색으로 굳어간다. 그리고 아주 작은 점으로 일생 안에 찍혀 화소가 되어 가겠지. 그러니 나는 그림이 되어가는 중이고 결국 하나의 그림이 내 안에 들어와 이젤을 펴는 것이다.

비밀 하나

비밀은 갈대숲이 보이는 서녘의 창에서 오래도록 서 있었다는 것이다. 몇 달이고 그곳에서 혼자서 책을 읽거나 시를 쓰곤 했던 것인데, 현실을 편애하는 지금에 와서는 상관없는 일이 되어버렸다. 정직하다거나 진실하다는 것은 추악한 행복에 불과하다. 비밀을 간직하지 못하는 심장은 타인의 기억에서 박동하지 않는다. 그러므로 진정한 사랑은 전 생애를 비밀에 걸었을 때에만 이루어진다. 우리는 살아갈수록 비밀이 되어야 한다. 돌이켜 비밀이 없다면 운명은 그저 통속적인 고백일 뿐이다.

다시 한 사람

몸이 생각을 앓고 나면
다시 생각이 몸을 추슬러 한 사람이 된다.

나도 모르게 어딘가에 부딪힌 멍을 샤워하다 발견할 때,
차가운 물이 눈동자에 닿기 전 순식간에 감는 눈의 반응에,
몸이 나보다 더 자신을 사랑한다는 걸 느낀다.

화초 잎을 가위로 자른 다음 다시 가위를
화초에 가까이 대면 화초도 운다.
잎맥 사이로 급속하게 전기저항이 일면서
안으로 부르르 떠는 것이다.

식물에게도 감정이 있으니
내 몸도 나 아닌 마음이 있는 걸까.
내 몸에 들어가
갑옷을 입듯 깨는 아침.

내 몸이 가만히 부르르 떤다.

생활의 시제

생활이 자주 여기를 비운다.
지갑에서 신분증이 창문을 열고 투신하는 장면을
모텔 장판 밑 열쇠와 누워 있는 알약의 동반을
막차에서 내리지 않는 가방을
타인이라고 믿지 않기로 한다.

사람은 제 혈관을 들여다보면서도
손목이 가장 멀리 서식하는 후회를
건너게 한다는 걸 모른다.

구름의 동공이 커지면 누구도
그 아래 계단을 벗어나지 못한다.
번들거리는 층계를 자판처럼 밟아 내려오는 동안
주어들이 수없이 파문을 인다.

겨울로 걸어 들어가 문을 닫자
획 획 나타나는 문장들이
떨어져 내리는 이름을 갈피에 끼운다.
신경 끝 잠긴 열쇠구멍을
그 안 환멸로 꽉 찬 시제를
들여다보는 눈동자가 질끈,
손목을 긋는다.
생활이 자주 여기에 나타난다.

변명 주의보

인간의 의식은 섬과 같이 존재하지만 그 근원은 대륙처럼 밑으로 이어져 있다는 말을 믿는다. 나로 인한 혹은, 너로 인한 관계는 잠재의식 너머 씨줄과 날줄처럼 얽혀 인연을 이룬다. 무의식이라는 거대한 대륙에서 너와 내가 교감할 때, 그 안은 수많은 변수와 가능성들로 넘실댄다. 그러므로 우연은 하나의 알리바이에 지나지 않는다.

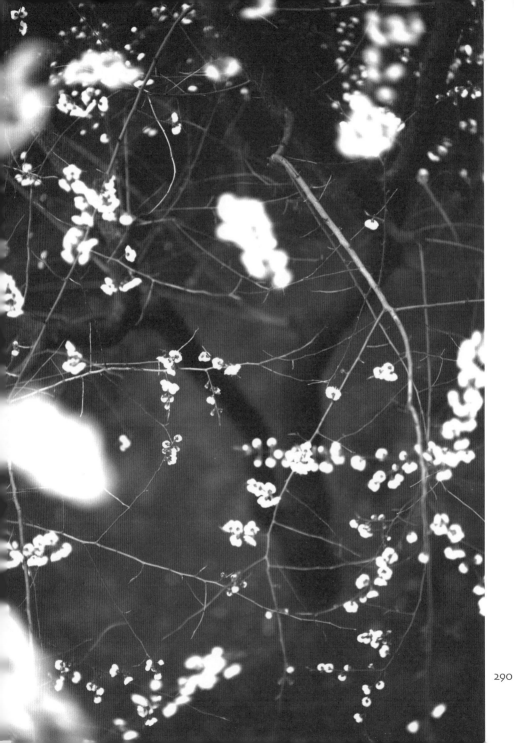

봄밤

방에다가 구름을 부려놓고 이슬을 마신다.
열린 창으로 첨잔 하다만 비가 책장의 책들을
울게 내버려둔다. 쭈글쭈글한 커튼을 걷으면
외곽 골목이 가로등에 달려 나와 한 점씩 들린다.
이곳의 안주란 술술 이어지는 불만족 같은 것,
내일은 언제나 약속을 떼다 파는 데에 열중이고
모레는 외상이 심해 신념을 입원시키지. 회색 벽을
넘겨본 후로 타이레놀이 가장 빠르다는 걸
두통의 MF에서 느끼네. 필드에서 가장 외로운 이는
하루가 교체되어도 모르는 12시의 고립,
비가 계속 내려야 창문이 당신을 타전한다.
그리고서야 마개 따듯 그 힘으로 봄이 넘친다.
이 밤 빗소리 빚어내는 발효가 독하므로
어떠한 술책으로도 구름에 리시버를 꽂지 말 것.
여기서부터 다시 받아 적어야 밤이 함부로
위독한 이름들을 건너지 않는다.

같은 나무 아래

변해간다는 건 두 개의 시간에 각기 살러 간 생각이
어느 날 내게 찾아와 문을 두드리는 것이다.

걸어서, 혹은 버스를 타거나 전철을 갈아탈 때에도
계절은 여전히 여행 중이고
한 번 내린 풍경은 두 번 다시 같은 날을
기약하지 않는다.

그러나 우연히 같은 장소에
서 있게 되어서 그날을 되돌아본다면
오랫동안 기다려온 추억이 비로소 내 눈을 가만히
만져주고 어느 간이역으로 사라지는 것이다.

나무가 되어본 사람이 기다리고 있는 사람
사람이 되어본 나무가 기다리고 있는 사람

사진은 단지 그 기다림을 비춰주고 있을 뿐이다.

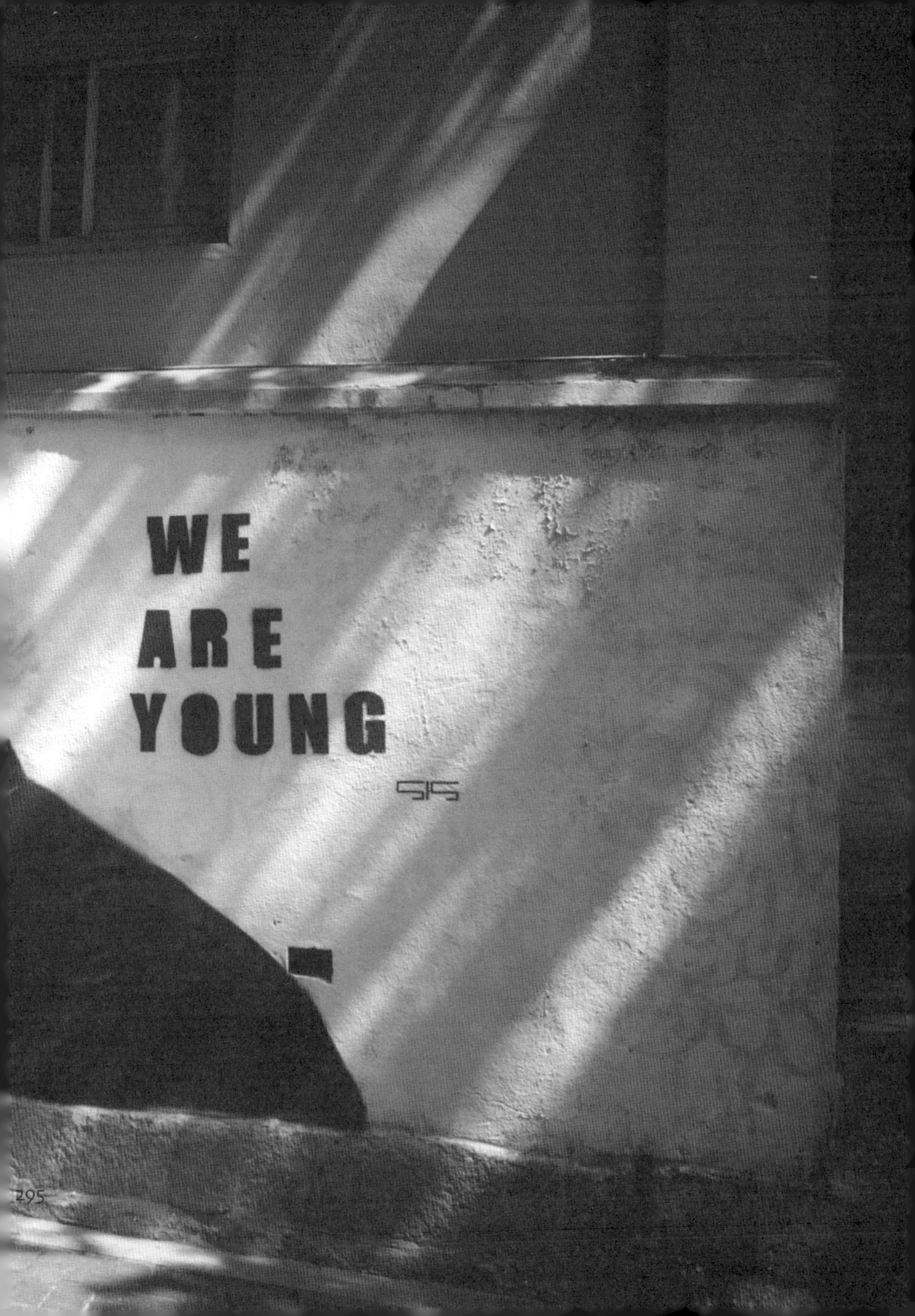
WE
ARE
YOUNG

일박(一泊)

나무가 그늘에 들어서서 쓸쓸히 어두워지면,
라이터 불빛의 누군가 얼굴은 낙엽이 된다.

오래 알고 지낸 사람일수록 목소리보다
글자가 살가울 때가 있다.

말은 그 자체로 통조림 같은 뚜껑을 따는 것이고,
글자는 기록으로 유통기한을 머문다.

마음이 언제나 모두에게 진열되는 건 아니다.
늦은 밤 마트 직원의 카트에 담겨 실리는 기분,
이제 영영 기한이 다한 사람들.

나는 얼마나 남았는지,
그리고 우리는 얼마나 같이 있을 수 있는지.

낙엽은 나무에 붙어 머무는 것이 일박(一泊)이다.

사람은 한 사람의 마음에서 완전히 지워질 때
여행을 깨닫는다.

애인나무

화분에게 물을 준 지 오래되었다. 식물에도 감각이 있고 감정이 있다
는데 이 화분은 얼마나 나를 애타게 기다렸을까. 족히 보름은 굶었을 그
에게 촉촉하게 물을 뿌려준다. 화분 안에서 물이 스며드는 소리와 흙내
음이 번져온다. 군복무를 하고 있을 때 두 줄기로 곧게 뻗은 각선미의
플라타너스를 애인 나무로 정하고, 그곳을 지나칠 때마다 안아주었던
생각이 난다. 바람이 다 읽어버린 플라타너스 아래에서의 막막함이란.
나는 그때 어떤 광합성을 꿈꾸었을까. 나는 가만가만 새끼손가락으로
귀를 후비기 시작한다. 건조한 기억에 뿌리가 뻗는 상상.

부당거래

늦은 귀갓길 주머니에서 어김없이 동전 몇 개 묻어나온다. 책상 구석에 내려놓으며 무얼 계산해 거스른 동전인지. 어쩌면 이 동전은 오늘 하루가 나를 치른 값은 아닐까. 나를 지불하고 동전을 받아내며 절그럭절그럭 한 생을 살고 있지는 않은지, 이것이 세상과 나와의 거래였던가. 마음은 항상 밑져온 듯하다.

퇴색의 속성

시간은 느리고도 길게 이어지는 삶에서 퇴색의 속성으로 사라져간다. 그리고 가끔은 그 자리에서 멈춰 이편을 바라본다. 도시는 이러한 시간에 대한 경배 없이는 만들어지지 않는다. 빈집을 바라보면 볼수록 그 집이 과거를 버티기 위해 얼마나 많은 황폐한 날들을 견뎠는지 짐작게 한다. 현실이 추억을 왜곡하듯 어쩌면 이곳은 또 다른 의미로 집들의 어두운 비유일지 모른다. 살아가면서 사라져가는 것을 지켜보는 것이란 집을 숨겨보려는 넝쿨의 신념을 이해하는 일이다. 그리고 그 무력함 앞에서 시간으로 잊혀가는 나를 미력하나마 기록하는 것이다.

추억

생각이 갖는 정형성,
일정 간격의 가로수들
차별 없는 빛 덩어리를 달고
소실점으로 사라지는 새벽,
한때 속도가 전부였던 청춘을
매복된 과속단속 카메라에
부친다, 안녕, 눈이 오게 되면
가장 먼저 이 길을 떠나거라.
그리고 내게서 가장 멀리
우회하길, 추억아.

이런 새벽

저녁 무렵 마신 진한 커피가
이 새벽 아직도 몸 안에서
카페인 카페인 카페인
포말처럼 부서지고 있는가보다.
눈을 감아도 꿈의 초입에서
휘청휘청 서성거리기만 한다.
심장소리가 타닥이는 모닥불 같다.
몇 개의 내가 불티로 흩어지는 상상,
그리고 다시 하얗게 누군가가 되어
이 기분 언젠가 살아본 거 같다고
기억을 불신하며 어느 밤을 이처럼
되뇌인다, 어쩌면 나를 나라고
확신하기 위해서 이 적요로운 시간을
견디는 건 아닐까.
커피가 나를 쏟고 가만히 아프리카
어디쯤 나무에서 생두가 되어간다.
이런 새벽 두 시.

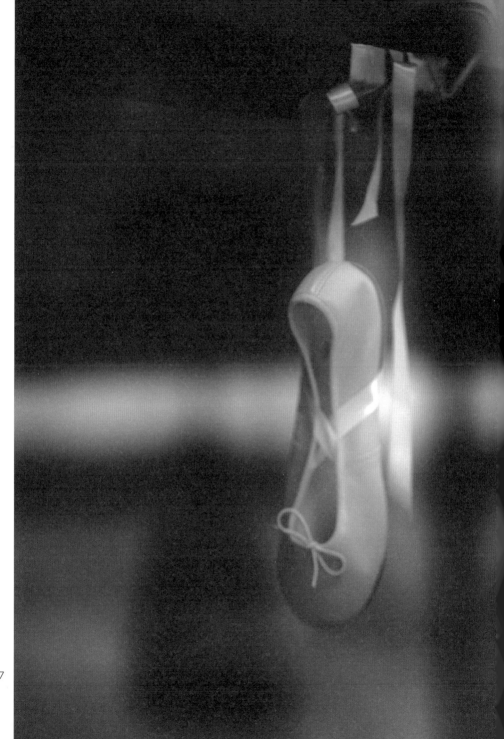

길 위의 날들

生을 무어라 할 것인가.
사람을 만나 느끼는 건
누구나 심장에
새장을 만들려 한다는 것.
차창에 붙은 낙엽을 인연이라
부르면 새는 날아드는 것보다
날아 자유로운 단 한순간이
운명이다, 나는 나일뿐,
단 한 번 운명을 위해
길 위의 나날을
독서라 하겠다.

타인을 내 안에 가두고

잠에서 깬 새벽은 추억 어딘가 낮에 가서 잠든다. 시간은 여전히 흐르지만 어디서 흘러왔는지를 거슬러 생각하다 보면, 어느덧 나는 훗날이 보내온 짧은 교신에 반응하고 있다. 단연코 지금 이 시각은 몸이 나를 애증(愛憎)에 내몬다. 그리고 모든 장기가 고요히 숨죽이며 새벽을 건넌다. 내 몸을 의식하는 이 쓸쓸은 심장인가, 간인가, 위인가. 살아 있다는 것도 죽은 어느 무의식이 꿈꾸는 자각은 아닐까. 그러니 나는 작동하는 것일까 동작하는 것일까. 타인을 내 안에 가두고.

기억의 별채

온전하게 보관될 수 있는,
이 순간을 먼 미래에서 꺼내보기 쉽도록
머리카락 한 올을 끼워 넣는다.
창문의 체온과 울렁거리는 베개,
칠흑의 분말,
지금 수많은 격자 어느 한 칸이
밀봉된다. 그리하여 화소란
나와 상대가 한 올의 양 끝에서
문득 서로를 접하는 순간
창밖의 어느 나무는 이제쯤 놓아줘도 될
장면을 딱딱하게 말아준다.
이제 곧 잠 안쪽으로 다운로드 되면
외계의 어떤 별에서는 먼지가 일겠다.
새벽이 머리를 감으면
머리카락 한 올 별채에 걸린다.

피신

바다에 와서 피신한 그날을 만납니다.
파도가 촘촘 밀려와 발자국을 지우고
소라껍질로 녹취되는 오후들,
맹렬히 흔들리는 깃대 끝 노을이
저녁에 찔려 터지면
바람이 핸드폰 연결음까지 검열합니다.
테트라포드에 이는 거품을
방파제가 면도날로 밀어내듯 번쩍입니다.
한때의 적의도 한때의 정의도
한낮의 격랑인 것을,
오래전 귀를 잘라낸 바다가
자폐처럼 백사장을 부딪쳐 옵니다.
누군가 그리울 때는 포구에서
밀물이 기꺼이 알리바이라고 믿습니다.
그 바다에 가면 대피로가 있습니다.
매번 잊으려 갔다가 은신하고 옵니다.

나무의 멀미

왼쪽은 붉은, 오른쪽은 노란 단풍나무가 서있다.
낙엽 쌓인 샛길
그 바닥의 색감 분포에 새삼
칼로 자르듯 내 것과 네 것에 연연해
우리는 언제나 벼랑은 아니었는지,
붉은 생각이 노랑 안쪽에 가기까지의
바람의 온도, 가지의 떨림
좌와 우는 이렇게 타인이 되는 걸까.
내가 한편에 섰더니
저편의 얼굴이 잘 보이지 않는다.
잎잎이 떨어지는 동안 길은 다만
색의 영역에 좌표를 붙이는 방식으로
어두워진다, 단풍잎처럼 봄에서
빌려온 가을이 쓸쓸해지는 건
색으로 가난해지기 때문이다.
나는 자꾸 두 나무의 멀미를 생각하게 되어서
오늘밤은 귀밑에 초승달이 붙는다.

여행이 끝나는 곳에서 돌아오는 기차

　운명의 반대편에 절박한 기차가 달리고 있다. 기차가 궤적을 그리며 다시 내게 오리란 믿음. 그러니 때를 놓쳤다고 실망하지 않아도 된다. 지금 기다리는 기차는 먼먼 과거에서 내가 놓쳐버린 기차였을지도 모르니까. 저녁이 오는 까닭은 불빛에게 일러줄 것이 있어서다. 밤은 그렇게 천천히 어둠 속으로 걸어가 새벽 한가운데 깨어 있는 이에게만 가장 밝은 별을 보여준다. 점점 멀어져가는 추억도 길에 드는 것이어서 낮은 간판처럼 마음이 고즈넉해진다. 여행이 끝나는 곳에서 그리움이 시작되듯이.

성에 낀 차창

숨을 쉽니다, 어느 먼 생각이 깊어져
차창에 대고 누군가 숨을 쉬어주었습니다.

메마른 오전
성에꽃 흐드러지게 핀 사이
봉분은 조금 낮아지고

언젠가 당신 차창에 대고 나도
이처럼 숨 쉴 수 있을까.

영하 18도, 이 추위를 다 걸어서
꽃숨이 전해왔습니다, 나는 어찌지 못하고
손을 비비고 한참동안 흰 입김을
차 안에 채우고 있습니다.

눈물이란 가령.

눈발

잠깐 그곳에 서 있다가 흰,
천천히 낙하하는 점들을 보았다.
추위의 끝에는 이렇게 점철된 흰색의 페이지가 있다.
하염없는 눈을 바라보면서 저 눈발이 기록해온 나를
몇 해씩 넘겨본다.
어디서부터 이 겨울을 적어내야 할지
산은 행간마다 촘촘한 바람을 끼워 넣는다.
편지는 매번 이곳에서 기다리고,
누군가 읽지 못한 활자들이
우수수 갓길로 몰려간다.
첫눈이 내린 날
창문을 손가락으로 액정화면처럼 밀면
어느 날인가가 열린다.
그날의 손이, 이 눈발을 만진다.

그사람 **건너기**... 마칩니다